新潮文庫

せんせい。

重松　清著

新潮社版

9211

目　次

せんせい。

白髪のニール

1

教室を出たところを呼び止められた。友だちの声ではなかった。オトナの――教師の声だった。それだけで、どきっとする。思わず首を縮めると、ケースに入れて肩に掛けていたギターがバランスをくずし、ネックが頭に当たった。

教師に呼び止められるときは、ろくなことがない。そういう高校生活を送っていた。二年生の一学期が、今日、終わった。通知表の成績は惨敗《ざんぱい》だった。行動の評価も最低に近かった。欠席日数の欄に括弧付きで書かれた〈自宅謹慎3日含む〉が致命的――先週のことだ。学校で煙草《たばこ》を吸った。みごとに見つかった。夏休みの目標は禁酒禁煙。反省文にそう書いたら、ビンタまで張られてしまった。

まだほかにヤバいこと、やったっけ。

マズいこと、あったっけ。

おそるおそる振り向いて、呼び止めた主を知った瞬間、拍子抜けした。

物理の富田《とみた》先生だった。いつも実験用の白衣を羽織って、理科室と理科準備室からめったに出てこない——要するに物理の授業を教えるだけの、生活指導とも進路指導とも無縁の先生だ。

「いま、呼びましたぁ？」

口調も、つい、ぞんざいになる。言葉づかいがどうとか態度がどうとか、そんなことには関心のない先生だとわかっているから。

富田先生は度の強い黒縁眼鏡の奥で目を小刻みにまばたいて、「おう、帰るところじゃったか？」と訊《き》いてきた。

見りゃわかるでしょうが、と言いたいところだったし、それくらいのことでは怒れないはずだったが、そこはまあ、とりあえず、いきなり喧嘩《けんか》腰になることもないので、「はあ」とうなずいた。

「すまんのう、忙しいのに」

低姿勢だ。遠慮がちだ。生徒の誰に対しても、いつも、こうだ。

「いや、べつに、そげなことないですけど」

僕も——根っこは礼儀正しくて真面目《まじめ》だ、と自分では思っている。よく誤解される。真価をわかってもらえない。スーパースターの下積み時代とはたいがいそういうものだ、と信じている。

廊下は教室から出てきた生徒でざわざわと混み合っていた。明日から夏休みだ。そのにぎわいを避けるように、富田先生は廊下の端にあとずさりながら「ちょっとええか？」と僕を手招いた。目を神経質そうに何度もまばたいて、息を詰めるような咳払《せきばら》いを繰り返す。授業中にもおなじみの癖だったが、いまは、まばたきも咳払いもひときわ多い。緊張しているのだろうか。

怪訝《けげん》に思いながら先生のそばに寄った。距離が詰まると、先生のまばたきはいっそう激しくなった。

「長谷川《はせがわ》……くんは……」

いや、べつに「くん」は付けんでもええですけど。

「ギター、弾くんか？」

それこそ、見りゃわかるでしょうが、の話だった。

うなずいて、ギターを肩に掛け直すと、先生はつづけて言った。

「うまいんか？」

そげなこと、いきなり訊かれても。

はあ……と、いやあ……の間で首をあいまいにかしげると、先生はさらにつづけた。

「ロックか？」

噴き出すのを必死にこらえて、「まあ、そげなもんです」と答えた。

すると、先生はまばたきを止めて僕をじっと見つめ、「ニール・ヤング、知っとるか」と言った。

名前は聞いたことがあるが、曲は知らない。顔も知らない。ただ、ハードロックでもヘビィメタルでもないことは確かで、ホワイトスネイクとレインボーとディープ・パープルのコピーにいそしんでいる僕たちには縁のないアーティストだった。

「すみません……ようわかりません、ニール・ヤングやら」

「聴いたことないんか」

困惑しながらうなずくと、先生は見るからに落胆した顔になって、再び目をぱちぱちとしばたたきながら、「もう時代が違うんかのう……」とつぶやいた。

時代はともかく、歳《とし》は違う。僕は十七歳で、先生はもう三十代のおっさんだった。

「今度聴いてみます」

僕はそう言ってギターをまた肩に掛け直した。さっさと話を切り上げてしまいたかった。先生がなぜ急にニール・ヤングの話を切り出したのか、気にならないわけではなかったが、それ以上に、教師と――というよりオトナと長い話をするのが苦手だった。

じゃあ、どうも、失礼します、と会釈《えしゃく》して立ち去ろうとしたら、また呼び止められた。

「のう、長谷川くん……ギターいうたら、どれくらい練習すりゃあ弾けるようになるんか」

「はあ？」

「教室に通うて習《なろ》うたわけじゃなかろうが、長谷川くんも」

「ええ……まあ……」

「ほな、センセが一所懸命練習したら、どれくらいで弾けるようになる？」

「どれくらいいうか……才能と、あと、努力と違いますか」

「才能」のところで、一瞬、先生は気弱な顔になった。だが、「努力」とつづけたせいで、表情が立ち直る。

「努力するよ、センセ」

「はあ……」

どうぞ、ご自由に。

それで話は終わるはずだった。「がんばってください」とせめてもの気づかいで一言添えて、そのまま立ち去るつもりだった。

ところが、先生はまた目を見開き、僕をじっと見つめて言ったのだ。

「それで、すまんが……長谷川くん、夏休みの間にセンセにギターを教えてくれんじゃろうか」

唖然《あぜん》とする僕に、つづけて――。

「ニール・ヤングが弾けるようになったら、それでええんよ。一曲でもええ。センセの好きなん、夏休みのうちに一曲だけ弾けるようにしてくれんか」

生徒に冗談を言うようなひとではない。そもそも、物理の授業に関係のない話など、いままで一度も聞いたことがなかった。

だから――本気なんだ、と思った。

*

それが、一九七九年夏の話。

＊

「本気なんか？」

思わず大きな声をあげてしまった。

電話をかけてきたフクちゃんは「シャレでそげなことはできんじゃろ」と苦笑交じりに言って、「わしも同姓同名か思うとったんじゃけど、どうも、ホンモノらしいんよ……」と困惑した声でつづけた。

僕は四十五歳になっていた。

思いがけないところで富田先生と再会した。

ふるさとの街の市長選に、この三月に定年退職したばかりの先生が立候補したのだ。

「ほいで……フクちゃんから見たら、どげな感じなんか。当選しそうなんか」

すでに人生の半分以上を東京で暮らしていても、ふるさとの友だちと話すと、懐《なつ》かしい方言がするする出てくる。

「無理じゃ。はっきり言うて、泡沫《ほうまつ》候補よ。無所属で、どこの政党ともつながっとらんのじゃけえ」

「勝ち目ゼロか」

「勝ち負けどころか、供託金いうんかの、立候補の時にゼニを預けるじゃろ。それも返してもらえんよ、おそらく」

　伝統的に保守が強い土地柄だ。現職の市長が三選を目指して立候補して、革新系の政党は形だけ対立候補を立ててはいたが、よほどのことがないかぎり市長の三選は確実視されている。ここに富田先生が加わっても、当然ながら「よほどのこと」にはならない。

「選挙公報に書いとることは、まっとうなんよ。ゴミの処理センターで汚職があったとか、産廃処分場に立ち入り調査をせんといけんとか、保育園を減らすなとか、まっすぐすぎるぐらいまっすぐじゃ」

　それでも——勝てない。

「市議の選挙ならともかく、組織がなかったら、いきなり市長はどげん考えても無理よ」

「センセにもわかっとるん違うんか？」

「わかっとるはずじゃけどのう……」

「昔の血が騒いだんじゃろうか」

　フクちゃんは、ははっ、と笑った。

「ほな、ずーっとたどっていったら、わしらのせいか？」

冗談のつもりで訊いた。

だが、フクちゃんは少し間をおいて、「かもしれん……」と言った。

＊

それが、二〇〇七年初夏の話。

＊

引き算をしてみると、一九七九年の夏、富田先生は三十三歳だったことになる。いまの僕よりずっと年下――それが、どうにもピンと来ない。おっさんだったのだ、ほんとうに、あの頃の富田先生は。もっさりとして、しょぼくれて、若白髪まであったのだ。

フクちゃんは電話のあとで市長選の選挙公報を送ってくれた。

六十一歳の富田先生は、もう「若」の必要ない正真正銘の白髪頭になっていた。髪も薄くなって、おでこと頭のてっぺんがほとんどつながっている。

手書きの文字を製版した、いかにも泡沫候補らしい公報には、趣味も書いてあった。

〈趣味・ギター（70年代のロック）〉

やはりフクちゃんの言うとおり、先生を変えてしまったのは僕たちなのだろう。

2

夏休み初日、富田先生は約束した時間どおりにドレミ楽器店の二階にあるスタジオに姿を見せた。

「そうか、こげなところで練習しよるんか」

感心した顔でスタジオを見回して、「本格的じゃのう」と笑う。

どこが本格的なんよ、と僕たちは顔を見合わせ、苦笑いを交わす。「スタジオ」と勝手に呼んでいるだけで、ふだんはピアノ教室に使っている部屋だ。

だが、先生は「アンプもあるし、ドラムもあるがな、たいしたもんじゃ」と、すっかり満足した様子だった。

明るい。元気だ。よくしゃべる。張り切っているのだろう。白衣姿以外の先生を見るのは初めてだった。紺色のポロシャツに白いチノパン――シャツの裾《すそ》をきっちりパンツに入れるところが一九七九年だったが、色付きの服を着ているだけで、ほんのちょっと、ふだんより若く見える。

先生はスタジオをひとわたり見回すと、あらためて僕たちに向き直り、「よろしゅう頼む」と律儀《りちぎ》に一礼した。

こっちもつられて、「はあ、どうも」「こっちこそ」「なんちゅうか」「がんばりますけん」「センセもがんばってつかあさい」と、ひょこひょこ頭を下げた。バンドのメンバーは五人——全員、一学期の物理の成績は五段階評価の2だった。「富田に貸しをつくっとけば二学期は3になるかもしれんけん」と言ったのは僕で、「おう、そりゃあええ！」と真っ先に乗ったのはボーカルのフクちゃんだった。ドラムスのカジもベースのユウジもキーボードのヨッさんも、ひそかにそれを期待しているはずだ。

「ほいで……今日は、これを持ってきたけん、まあ、いっぺん聴いてみてくれや」

先生はバッグからＬＰレコードを取り出した。『ＤＥＣＡＤＥ』——「デカデ？」と英語が苦手なカジが言って、フクちゃんに「アホ」と頭をはたかれた。ディケイド。輝ける十年、と帯の邦題にあった。

「ニール・ヤングのベスト盤じゃ。ほんまは『ヘルプレス』やら『ハーヴェスト』やら、名作のアルバムを聴かせたいところじゃけど、まあ、最初は入門編からじゃ」

急にいばった口調になる。「いけんいけん、傷がついたら困るけえ」と、僕たちにはレコードをさわらせない。自分でレコードをプレーヤーにセットして、慎重に針を落とすしぐさは、まるで物理の実験をしているみたいだった。

「ええか、黙って、よーう聴けよ」

しーっ、しーっ、と口の前で人差し指を立てて、忍び足でプレーヤーの前から戻ってくる。座れ、座れ、と僕たちに手振りで命じ、自分はいちはやくスタジオの真ん中に膝《ひざ》を抱えて座り込む。

僕たちはあっけにとられて、また顔を見合わせた。

『DECADE』は三枚組のアルバムだった。レコードらしく言うなら、サイドAからサイドFまで。大作である。あの頃の僕が知るかぎり、三枚組のアルバムはウイングスの『U.S.A.ライヴ!!』と、ジョージ・ハリスンの『オール・シングス・マスト・パス』ぐらいしかなかった。ということは、ニール・ヤングはビートルズのポールやジョージと肩を並べるほどのヤツなのか？　ほんとか？

バッファロー・スプリングフィールドの一員としてデビューした頃の曲から、CSN&Y時代、クレイジー・ホースを率いていた頃、そしてソロ。タイトルどおり、一九六七年のデビューから一九七六年までの十年間の代表曲や未発表曲を集めている……というのは、あとになって知ったことだ。

サイドAの途中まで聴いた時点で、僕たちは誰からともなく目配せし合った。困り果てたまなざしが行き交う。ため息と苦笑いも交じる。

ディープ・パープルとは違う。ホワイトスネイクともレインボーとも違う。確かにギターの音はひずんでいるし、ドラムスやベースも8ビートを刻んでいる。ロックはロックだ。しかし、それは、僕たちが聴いているロックとはかなり違っていた。

ゆるい――。

たるい――。

音が薄い。数も少ない。隙間《すきま》だらけだ。

ギターもベースもドラムスも、それほどうまいとは思えない。

なにより、ニール・ヤングのボーカルが、笑ってしまうほど頼りない。声はかなり高いが、イアン・ギランやロニー・ジェイムズ・ディオのような力強さはまるでない。細いのだ。音程も不安定で、ふらふらと揺れるのだ。ボブ・ディランを初めて聴いたときも「酔うて歌いよるんか、このおっさんは」と思ったが、ニール・ヤングは「死にかけとるん違うか、このおっさんは」だった。

先生は目をつぶり、膝をぎゅっと抱きかかえて、体を小さくゆっくりと揺らしながら聴いている。ひたっている。先生のすぐ隣にいたョッさんが僕を振り向いて、口をぱくぱく動かしながら先生を指差した。レコードに合わせて小声で歌っているらしい。

かなわんのう……。

ため息をついて、フクちゃんを見た。

ジャーニーのスティーブ・ペリーに憧《あこが》れているフクちゃんも、僕と同じようにあきれはてて、うんざりしている——はずだった。

だが、フクちゃんはまっすぐに前を向いたまま、僕の視線に気づいているのかいないのか、じっとなにかを考え込むようにニール・ヤングを聴いていた。

サイドAが終わる。先生はプレーヤーのアームが戻ってから、ふと我に返ったようにあわてて立ち上がり、レコードを裏返した。

「どげな？　ええじゃろうが、これがロックよ、アメリカの魂よ」

先生は自慢げに言う。僕が「ずーっとこげな感じの曲なんですか」と訊《き》くと、「アホ、ここからよ、ここからが本番よ」と胸を張る。生徒を「アホ」呼ばわりするのもどうかと思うが、とにかく先生は本気だ。理科室では決して見せたことのない溌剌《はつらつ》とした表情を浮かべ、黒縁眼鏡の奥のしょぼついた目まで、今日はキラキラと輝いている。

そして――フクちゃんもまた、うんざりする僕たちをよそに、授業中とは別人のような真剣な顔でスピーカーをじっと見つめていたのだった。

サイドFを聴き終えるまで、二時間半近くかかった。全三十五曲――ニール・ヤングのへなちょこな歌は、最後までへなちょこなままだった。

レコードをジャケットにしまう先生の背中は、急にしょぼくれて、いつものくたびれたおっさんに戻ってしまった。

「センセな、どげんしても弾きたい曲が一つ……ほんまは二つ……正直なこと言うたら、三つあるんじゃ」

ぐずぐずと煮え切らない言い方をして、三曲を挙げた。

『孤独の旅路』と『太陽への旅路』と『ライク・ア・ハリケーン』――三曲ともどんなメロディーだったかは思いだせなかったが、フクちゃんだけは、うっす、と大きくうなずいた。我が意を得たり、という満足そうな表情だった。

「弾けるようにしてくれや、のう、頼んだど」

と、言われても。

「夏休みのうちに弾けるようになりたいんじゃ、がんばるけん、センセ、がんばってせんせい。


練習するけん、おまえらもしっかり教えてくれ」

と、頭を下げられても。

「さっそくじゃが、階下《した》でギター買うけん、どげなギターがええんか教えてくれ。安いのでええけん、ほんま、オモチャみたいなのでもええんじゃけん」

と、いきなり財布を出されても。

フクちゃんはなにか一人でしんみりとしているし、貴重な練習時間を二時間半もつぶされたカジとユウジとヨッさんは露骨にムッとしている。

しかたなく、僕がメンバーを代表して、昨日からずっと気になっていたことを訊いた。

「センセは、なして急にギター弾きとうなったんですか」

当然の疑問だった。

先生も最初は顔をしかめて、うん、まあ、でごまかそうとしたが、「教えるほうも事情を知っとったほうがええでしょ」とつづけると、覚悟を決めたように深々とため息をついて、教えてくれた。

「九月に、子どもが生まれるんじゃ」

「センセの?」

「……おう、わしの……なんよ」

おっさんのくせして、そんなに照れなくてもいいのに。

「子どもが生まれるけん……わしも、もう親父《おやじ》になるんじゃけん……」

それでギター？　ロック？　ニール・ヤング？　ワケわからんのう、と首をひねった。親父になるのならむしろ演歌ではないのか。

だが、先生は秘密を打ち明けて開き直ったのか、僕たちをじっと見据えて、今度はしっかりとした口調で言ったのだ。

「ニール・ヤングは、歳《とし》をとることを歌《うと》うてくれたんじゃ。それがロックなんじゃ。ロックはロールなんじゃ。キープ・オンなんじゃ。そこがいちばん大事なところなんじゃ」

大きくうなずいたのは――フクちゃんだけだった。

3

市長選は、予想通り現職の市長が圧勝して三選を果たした。
先生は落選――五人いた候補者の中では最下位だった。

「ほいでも健闘したと思うで。なんも組織がついとらんのに三千票集めたんじゃけえ、たいしたもんじゃ」

投票日の夜遅く、少し酔ったフクちゃんから電話がかかってきたのだ。先生の選挙事務所で残念会を開いたのだという。

「選挙事務所いうても、プロは一人もおりゃあせん。みんなボランティアじゃ。こまい子どものおるお母ちゃんやら、じいさんばあさんやら、損得勘定抜きでよう集まってくれた思うよ」

家業の鮨屋《すしや》を継いだフクちゃんだって、毎日のように鮨を差し入れた。「まあ、これで人情で握る福鮨の評判が立ってくれりゃあ、元はなんぼでもとれるんじゃけえ」と憎まれ口をたたきながら、どうせ今日は万が一の奇跡を信じて、いや、信じなくても、損を承知で大きな真鯛《まだい》を仕入れたんだろうな、と見当がつく。

フクちゃんとはそういう奴《やつ》だ。バンドの仲間でただ一人、都会には出ず、ふるさとに根を張って生きている。中学の頃から親父さんが体をこわして病院通いをしていたので、高校を卒業するとすぐに店を手伝って働きはじめた。高卒で社会人になったのは、僕たちの学年ではフクちゃんだけ——高校二年生の夏休みは、ちょうど大学進学をあきらめた頃だった。

フクちゃんは僕たちの誰よりも早くオトナになった。進路を就職に決めた高校二年生の頃から、僕たちとは違うなにかを見つめていたのだろう。

だから、フクちゃんは先生に聴かされたその日のうちにニール・ヤングを好きになった。フクちゃんだけは、ニール・ヤングのすごさを感じ取っていた。そして、三十三歳にしてギターを覚えようとする先生の気持ちも、きっと——言葉に出して説明はできなくても、フクちゃんにはわかっていたはずだ。

「事務所にはセンセの昔の教え子もぎょうさん詰めとったよ。若い衆が多かったんが、なんか、うれしゅうてのう。わしがいちばん古株じゃったけん、先輩、先輩いうて、よう立ててもろうた」

「わしらの先輩はおらんかったんか」

「おらんおらん」

フクちゃんは苦笑交じりに軽く答えて、「センセの歌を聴かされた教え子よ、みんな」と付け加えた。

あはは、と僕は笑う。おかしくて。うれしくて。不思議と、ほんのちょっと寂しくて。

「さっきも後輩に言われたど。福本先輩らがギター教えたけん、センセは歳をとるのを忘れてしもうて、こげな年甲斐《としがい》のないことしてしもうたん違いますか、いうて」

　そうかもしれない。

　でも、たぶん、そうではない。

　僕たちにニール・ヤングを初めて聴かせてくれたあの日、先生は確かに言っていたのだ。歳をとることがロックだと。ニール・ヤングはそれを歌ってくれていたんだと。『孤独の旅路』のキメのフレーズは、and I'm getting old――そして僕は歳をとっていく。一九七二年の作品だ。ニール・ヤングは二十七歳。ブライアン・ジョーンズとジミ・ヘンドリックスとジャニス・ジョプリンとジム・モリソンが死んだのと同じ年齢で、ニール・ヤングは歳をとることを歌った。死なないことを歌った。生きつづけることを、へなちょこな声と、あまりうまくないギターとハーモニカで、歌った。

　三十三歳の先生は、それを歌いたいんだと言った。自分でギターを弾いて、ハーモニカを吹いて、歌いたい。

　生意気なこと言うて。

　三十三歳いうたら、若造じゃがな。

　二十七歳いうたら、ガキじゃがな。

　四十五歳の僕がその場にいたら、先生とニール・ヤング、まとめて頭をはたいてやる。

　十七歳だったあの頃、僕たちが聴いていたロックアーティストに四十五歳の奴なんて、たぶんいなかった。一九七九年夏――ジョン・レノンだって、まだ三十八歳だったのだ。

「フクちゃん、センセと話したりしたんか」

「おう、ばたばたしとるけん立ち話ぐらいじゃったけどの……長谷川の話も出たど」

「ほんま？」

「元気かのう、いうて」

「……ほうか」

「なんちゅうても、わしと長谷川はセンセの師匠なんじゃけえ」

　あはは っ、と僕はまた笑う。

　不思議と寂しい。ほんとうに、なぜか、寂しくてたまらない。

　懐《なつ》かしさは寂しさを埋めてくれるだけではない。かえって寂しさがつのる懐かしさだってある。四十歳を過ぎると、そういうことが少しずつ増えてくる。

　フクちゃんもそれを察したのか、少し声を沈めて、「いま、なにしよるんな」と訊いた。

答えたくなければかまわない、という口調だったから――答えた。

「ふらふらしとるよ」

「仕事は……まだ損保の営業しよるんか」

「いや、それはもう辞めた。いまは広告の仕事しとる」

通算していくつめの職場になるのか、数えるのも面倒になってしまう。

「再婚は？」

「しとらん。もうええよ、一人のほうが安気でええ」

二十六歳で結婚して、子どもを持たないまま、三十歳になる少し前に別れた。以来ずっと一人暮らしをつづけている。

「フクちゃんのところは？　もう子どもも大きゅうなったじゃろ」

「おう、上の息子は来年大学受験じゃし、娘のほうは中学二年で、もう、親父と口やらきいてくれりゃせんのよ」

「息子さん、店は継がんのか」

「まあ、アレにはアレの人生があるけん」

「ええんか？」

「ええもなにも……親が子どもの人生の邪魔をしたらいかんがな」

そうじゃろ、と訊かれると、僕にはもうなにも言えない。

フクちゃんは違ったのだ。思いっきり人生の邪魔をされた。僕は知っている。あいつは大学に行きたかった。東京でも大阪でも博多《はかた》でも、都会に出たかった。新聞記者になりたかった。それをぜんぶあきらめて店を継いだ。ハタチ前に親父さんが亡《な》くなったとき、店には一千万円単位の借金があった。フクちゃんは一人で、十年近くかけて返済した。こつこつと、黙々と……キープ・オン・ローリングとは、そういうことをいうのかもしれない。

たまには田舎に帰ってこいや、と最後に言われた。

電話を切ったあと、あいつとはもう何年も会ってないんだなと、いまさらながら気づいた。年老いた両親は県庁のある街に住む兄のもとに身を寄せているので、ふるさとに帰る理由がなくなった。たとえ両親がいたとしても、あの街にはなかなか足が向かないだろう。帰省をして両親の顔を見たとしても、フクちゃんには会わずに東京に戻るだろうな、という気もする。

その夜、ニール・ヤングを聴いた。

パソコンの中に百曲以上取り込んである数少ないアーティストの一人が、ニール・ヤングだった。音楽をパソコンで聴くようになったのはこの数年のことだが、すでにどの曲も再生回数は五十回を超えている。そんなアーティストは、ニール・ヤングしかいない。

四十歳を過ぎてから、好きになった。

いまは誰よりも好きだ。

十七歳の僕に教えてやりたい。

おまえはやがて、このへなちょこな声が好きになるんだ。リッチー・ブラックモアの早弾きには指がついていかなくなっても、ニール・ヤングのギターを真似《まね》るのはうまくなる。歳をとればとるほど。

もう一言、ニールの歌に出てきそうな一節を、十七歳の僕に言ってやろう。

人生はおまえが夢見ているほど甘くはないし、にぎやかでもないようだぞ。

せんせい。

＊

そして僕は歳をとっていく。

4

一九七九年の夏休みは、自分の父親と顔を合わせるよりも富田先生にギターを教える時間のほうがずっと長かった。両親以外のオトナとこんなに長く一緒にいるのは、生まれて初めてだった。ひとになにかを教えるのがこんなに難しいんだと知ったのも、初めて。

先生はほんとうに覚えの悪い生徒だった。こんなに不器用だとは思わなかった。コードを変えるときに人差し指を五弦から隣の四弦に移す、それだけのことができない。一度弦を押さえてしまうと、指がちっとも動かなくなってしまうのだ。

「そげん力を入れんでも音は出ますけん、指が震えるまで押さえんでもええです」

「おう……わかっとるんじゃ、それは」

「指の関節の力、もうちいと抜いて」

「わかっとる……わかっとるんじゃけど……」

「次は中指を三弦の第二フレットに動かして」

「中指、中指……二番目じゃの、こうか」

「センセ、それ、薬指じゃし、四弦になっとります」

「こんがらかるんじゃ、頭ん中が」

「そげなこと言われても、センセの頭ん中まで面倒見れませんて」

うんざりしてため息をつくと、先生も開き直って、「どうじゃ、おまえらもセンセの苦労がわかったろうが。なんぼ説明してもわからん生徒を教えるんは、ほんま、大変なんど」といばりだす。

　こっちだって言い返す。

「物理の授業、どげん説明されてもわからんのもつらいんですよ。ボクらの気持ち、センセもわかったでしょ」

「アホ、ギターと勉強を一緒にするな」

「ほなら、ボクら図書館で物理の勉強しますけん、今日はもうおしまいでええですか」

「なに言うとるんな、ちゃんと教えんか。差し入れも持ってきてやっとるじゃろうが」

「ファンタ一本で恩着せんといてください」

「あとでパンも買《こ》うちゃるけえ、ほれ、教えんか、これでええんか、押さえ方」

「……違《ちご》うとります」

　そんなことばかり、ひと夏、つづけた。

学校では冗談のかけらすらも言わなかった先生が、僕たちの前ではよくしゃべって、よく笑った。

白衣を着ていない先生の姿は、見慣れると、意外と若かった。いや、もしかしたら、夏休みの間に少しずつ若くなっていったのかもしれない。というか、三十三歳はそもそも若いのだ。四十五歳の目で見ると、同じ「オトナ」と呼ぶんじゃない、と言いたくなるほど若いのだ。

あの頃は、どうしてあんなにオトナがオトナっぽく見えていたのだろう。自分がオトナになると、どうして、通り過ぎてきたオトナの日々が急に幼く見えてしまうのだろう。

ニール・ヤングなら、それをどう歌うのだろう。

最初は、バンドの練習の合間にちょこちょこと教えればいいと思っていた。もっと正直に言えば、弾けるようにならなくても、それはそれでしょうがないだろう、と割り切ってもいた。

だが、僕たちが予想していたよりずっと先生は真剣だった。僕たちは九月の文化祭に備えて三日に一度は集まって練習していたが、先生は欠かさず顔を出して、「家で練習してきたけん、ちょっと聴いてくれや」とギターをケースから取り出す。僕たちがバンドの練習をしている間は、一人で『孤独の旅路』のイントロを何度も何度も何度も練習する。バンドの音が止まると、それを待ちかねていたように「おう、長谷川、福本、これでええんか、ちょっと弾いてみるけん」と声をかけてくる。

左手の指先に弦のスジがついた。皮が剝《む》けて、血がにじんでも、先生は練習をやめなかった。だが、まだ先は長い。はるかに長い。

八月になっても、押さえられるコードはEmとDとCとGだけで――思いきりシンプルにコピーするなら、それで『孤独の旅路』はなんとかなるのだが、右手のストロークはめちゃくちゃだし、コードチェンジにとにかく時間がかかる。レコードでは三分ちょっとの『孤独の旅路』が、先生のギターだと五分以上になってしまう。そこに歌が加わると、ギターの音と声が交互に途切れ、間延びして、お経というか断末魔のうめき声というか、ひどいものだった。『孤独の旅路』には、さらにハーモニカもある。ギターを弾いて、歌って、ハーモニカを吹いて……道ははるかに、絶望的に、長かった。

それでも、当の本人はあきらめない。くじけない。「センセ、歌だけにしませんか。ギターとハーモニカはボクがやりますけん」と妥協案を切り出しても、「いけん」と譲らない。頑固なのだ。ど根性なのだ。赤ちゃんが生まれるまでになにがあっても一曲弾けるようになるんだ、と固く心に誓っているのだ。

その根性に――フクちゃんが燃えた。

「センセ、特訓しましょう！」

バンドの練習が終わったあとも、先生のコーチをする。スタジオに集まったついでではなく、マンツーマンで、きっちり鍛える。「のう、長谷川、やろうで」と誘われた僕も、困惑しながらではあっても、よっしゃ、とうなずいた。ギターを教えられるのはメンバーで僕だけだったし、最初に頼まれたのは僕だったのだし、先生の意外な根性が……嫌いではなかったし。

「センセ、一つ訊《き》いてええですか」

フクちゃんがまじめな顔になって言った。夏休みに入ってから、フクちゃんはまじめな顔をすることが増えていた。少し無口にもなった。みんなでうだうだとおしゃべりをしているさなか、ふと窓の外を見つめて黙り込んでしまうことも。

「赤ちゃんが生まれるいうんは、どげな気分ですか」

不意打ちの質問だったのだろう、先生は「ほあ？」と間の抜けた声を出して、「まあ、なんちゅうか……うれしいいうか、楽しみいうか……ちいと怖いいうか……わしが産むわけと違うんじゃけど……」と、物理の授業のようなもごもごした口調に戻ってしまった。

「親父《おやじ》になるわけでしょ、センセ」

「おう……」

「一家の大黒柱いうことでしょ」

「まあの……おう、そりゃそうじゃ」

「どげな気分ですか」

「気分いうて……」

「やっぱり責任感やら、わしががんばらんといけんやら思うんですか」

フクちゃんは矢継ぎ早に、先生を問い詰めるように訊く。さすが新聞記者志望だ、と僕はのんきに感心していた。フクちゃんが進路を変えたことを知ったのは、もっとあとになってから、だった。

フクちゃんに気《け》おされた先生は、「ちょっと待て、あわてるな、考えるけん、考え中じゃけん」と身振り手振りを交えて質問を止め、一息ついてから言った。

「親になった責任いうたら……子どもが一丁前になるまでは、長生きせんといけん」

膝《ひざ》の力が抜けてしまった。相手が先生でなかったら、アホか、と言っていたかもしれない。あたりまえのことを、なにまじめくさって言うとるんか、おっさん。

だが、先生は真剣だった。

「これからはロールじゃ、ロールすることが肝心なんじゃ」

フクちゃんにというより、自分自身に言い聞かせるように、じっと虚空《こくう》を見つめて
「キープ・オン・ローリング、なんよ」と言う。

よくわからない。最初にスタジオに来た日もそんなことを言っていた。

「転がりつづける、いうことですか」と僕は訊いた。

先生は首をゆっくりと横に振った。

「止まらん、いうことよ」

僕を見つめ、フクちゃんを見つめて。

「終わらん、いうことよ」

さらにもう一言——。

「要するに、生き抜く、いうことよ」

僕はきょとんとしたままだったが、フクちゃんは大きくうなずいた。うれしそうだった。なんだか泣きだしそうな顔でもあった。

きっと、僕とあいつの人生の分かれ道は、あの日の、あの瞬間だったのだろう。

先生は猛練習をつづけた。僕とフクちゃんも毎日それに付き合った。

練習の合間に、先生は僕たちにいろいろな話をしてくれた。

ラジオでしか聴いたことのないCCRの歌詞がいかにすごいかを説明するついでに、ベトナム戦争のことを教えてくれた。僕たちが名前も知らなかったジョーン・バエズとピート・シーガーについて話すときには、アメリカ公民権運動のことも教えてくれた。

それから——「学生時代は東京でヘルメットをかぶっとったんじゃ」と、自分のこともちらりと話した。

「バイクに乗っとったんですか」「工事現場で働いとったんですか」と僕たちが聞き返すと、先生は苦笑して「赤いヘルメットじゃった」と言った。「赤ヘルいうたら、カープですか」「あ、でも、センセの学生の頃はカープはまだ赤ヘルと違《ちご》うとったでしょ」と首をかしげる僕たちに、先生はまた苦笑して、「まあ、センセは根性なしじゃったけん、すぐに脱いでしもうたがの」とため息をつき、それ以上はなにも言わなかった。

僕たちはほんとうにガキだった。オトナの話も、昔の話も、ややこしいことはなにも知らなかった。

ずっとあとになって、「ヘルメット」の意味がやっとわかった。先生はそういう世代だったんだ、と気づいた。

赤いヘルメットのセクトは、分裂と連合を繰り返したあげく、いくつもの事件を起こした。何人かは逮捕され、何人かは海を渡り、何人かは――仲間に殺された。その中には、先生の友だちだっていたのかもしれない。

夏休み最後の日、僕は「センセ、ちょっと聴いて」と『ライク・ア・ハリケーン』のイントロを弾いてみた。アコースティックの弾き語りでも、雰囲気は出せた。ニール・ヤングの中で唯一《ゆいいつ》、ちょっといいなと思っていたのが、ひずんだギターが最初から最後まで鳴りつづける『ライク・ア・ハリケーン』だった。フクちゃんもボーカルをつける。ひと夏付き合ってきた先生への、僕たちからのちょっとしたプレゼントのつもりだった。

だが、先生は出来の悪い答案を返すような調子で「ぜんぜん違うのう」と言った。

「こげなん、ニールと違うわ」

「……音符は合《お》うとる思いますけど」

ムッとして言うと、先生は「そげん怒らんでもええがな」と笑って、ニール・ヤングのライブのことを教えてくれた。『ライク・ア・ハリケーン』のときはステージに巨大な扇風機を置いて、向かい風に立ち向かいながらギターを弾いて歌うのだという。一九七六年の初来日で、先生はそれを見た。長い髪がまるで炎のように風になびいて、心臓が止まりそうなほどカッコよかったらしい。

「それが、ロックですか」

調子を合わせて応《こた》えたら、先生は「違う、ロールじゃ」と首を横に振った。

「長谷川の弾きよるんは、確かにロックじゃ。福本の歌もロックじゃ。ほいでも、大事なんは、ロールでけるかどうかなんじゃ」

二つ合わせてロックンロール――。

「ロックは始めることで、ロールはつづけることよ。ロックは文句をたれることで、ロールは自分のたれた文句に責任とることよ。ロックは目の前の壁を壊すことで、ロールは向かい風に立ち向かうことなんよ」

じゃけん、と先生はつづけた。

「ロールは、オトナにならんとわからん」

黙ってうなずく僕たちに、先生はフフッと笑って、自分のギターをかまえた。ハーモニカホルダーを首に掛けて、ピックを叩《たた》きつけるようにオープンコードのEmを弾いた。

『孤独の旅路』を弾いた。歌った。ハーモニカも吹いた。

やっぱり、へただった。ハンマリングオンやプリングオフのタイミングがずれているし、ピッキングはめちゃくちゃだし、ハーモニカは音を何度もはずし、喉《のど》を絞められたようなボーカルの声は裏返ってモゲた。

だが、それは確かに、間違いなく、他のどの曲でもなく、他の誰でもなく、ニール・ヤングの『孤独の旅路』だった。

最後まで弾き終えると、先生はライブをしているように頭を下げた。先にフクちゃんが、すぐに僕も追いかけて、拍手をした。

「おまえらには、ほんま、世話になったの」

先生はギターをケースにしまいながら、「これで、センセもロールでける」と笑った。

お別れだ。二学期からも学校で会えるのはわかっているのに、胸が熱いものでいっぱいになった。

「次は『太陽への旅路』を覚えんといけんでしょう」

フクちゃんが言った。僕も「『ライク・ア・ハリケーン』もすぐに弾けるようになりますけん」と言った。

「そのときは、またよろしゅう頼むわ」と先生は笑って、ほなの、と手を振って歩きだして——それっきり、だった。

二学期が始まると、先生とは物理の授業でしか顔を合わさなかった。いつもの白衣姿に戻った先生は、おっさんくさくて、しょぼくれて、僕やフクちゃんに特別に話しかけてくることもなく、授業は一学期以上にさっぱりわからなかった。

僕たちも、夏休みが終わるのと同時に魔法が解けてしまったみたいに、オトナに自分から話しかけることができなくなっていた。

二学期も、三学期も、僕たちの物理の成績は「2」のままだった。

三年生に進級するときに、先生は別の学校に異動した。僕たちのバンドも同じ頃に解散してしまった。フクちゃんは店の手伝いで忙しかったし、僕も受験勉強に追われて、先生の思い出話をする暇も見つけられないまま、あの夏の記憶は少しずつ遠ざかってしまった。

＊

そして僕は——僕たちはみんな、歳《とし》をとっていった。

5

駅前広場には盆踊りのやぐらが組まれていた。『サマーフェスティバル2007』という大きな看板も出ている。高校時代にはなかった夏祭りだ。数年前にショッピングセンターができて以来さびれる一方だった商店街の活性化のために、去年から始めた。

今夜はその前夜祭で、市民センターではドレミ楽器店後援の納涼コンサートが開かれる。かつての僕たちのような地元のアマチュアバンドが、一組三曲で順番にステージに立つ。出演するのは高校生がほとんどだったが、最年長は六十一歳――富田先生が、出る。

市長選をきっかけに、先生の教え子たちの交流が始まり、なにかと口実をつけては飲み会を開いているうちに、「先生を夏祭りのコンサートに出しちゃろうや」という話になったのだという。

先週、フクちゃんから電話でそれを知らされ、「せっかくじゃけん、長谷川も帰ってこんか?」と誘われた。

「去年までは教師いう立場もあるけん、文化祭に出るだけじゃったけど、定年になったんじゃけえ、もうええでしょう、いうことになったんよ」

「……文化祭で歌《うと》うとったんか」

「ギターも弾いとったらしい」

「定年になるまで？」

「おう、どこの学校に勤めとっても、文化祭やら謝恩会やらで毎年いっぺんはステージに立っとったらしいで」

「いつからな」

「四十過ぎから。どうせアレよ、一人で練習して、やっと人前で弾けるようになって、そこからはもう、突っ走ったんじゃろ。中年になると恥ずかしさも消えるけえの」

知らなかった。

先生はずっと、ロールしていたのだ。

「市長選に落ちたあと、センセ、すぐにNPOをつくったんよ。環境と、福祉と、自殺防止と、それと虐待《ぎゃくたい》された子どもを支援する活動をするんじゃと。テンコ盛りじゃけん、わしらもなにかと忙しいわい」

ロールしているのだ――フクちゃん、おまえも。

せんせい。

「長谷川も東京で忙しい思うけど、盆に帰ってこいや。センセの晴れ舞台、見てやろうや」

「……おう」

「飲み会しとる仲間、学校は違うても、みんな後輩じゃ。歳が若《わこ》うなればなるほど、ようけ集まっとる。センセのこと、『富じい、富じい』いうて慕《しと》うてくれとる。わしゃあ、それがうれしいよ」

先生にはもう孫もいる。還暦も過ぎた。

それでも——ロールしつづけるのだ。

「ほいで……」僕は訊《き》いた。「センセ、夏祭りでなにを歌うんな」

フクちゃんは「決まっとるがな」と笑う。

僕も笑い返した。僕だって最初から答えはわかっていて訊いたのだ。

「帰るけん」と僕は言った。

「泊まっていけや」とフクちゃんは言った。

「フクちゃんの鮨《すし》、食わせてくれ」

「おう、苦労と人情が酢飯に染《し》みて、ええ味になっとるわい」

きっと美味《うま》いだろう。ワサビがツンときて、涙が出てしまうかもしれない。

＊

ニール・ヤングの『DECADE』を最初に買ったのは、いつだっただろう。まだ妻がいた頃だっただろうか。レコードで買って、CDで買い直して、曲をパソコンに入れたあとも、CDもレコードも捨てられずにいる。

買ってすぐさま好きになったわけではない。

高校時代に聴いたときより、ちょっといいかもな、という段階から始まって、少しずつ、少しずつ、けれど立ち止まることなく、好きになっていった。

代わりに、あの頃あれほど夢中になっていたハードロックやヘビィメタルを、ほとんど聴かなくなった。たまに聴いても、アルバム一枚終わる前に飽きてしまう。最近の若い連中の曲も同じだ。耳をつんざいて腹に響くロック成分は十分でも、音にはあらわせないロール成分がちょっと足りないよな――なんてことも、思ったりする。

＊

ニール・ヤングはいまも現役だ。若い頃よりもむしろ元気に、イラク戦争の愚かしさを歌い、ブッシュ政権を批判しつづけている。二〇〇一年九月十一日の同時多発テロのあとは、ラジオで放送禁止になっていたジョン・レノンの『イマジン』を歌った。新曲のプロモーションビデオでは月ごとのイラクでの米兵の死者数を並べ、公式ホームページでは、ブッシュ大統領の残りの在任期間が、いまも秒単位でカウントダウンされているはずだ。

最近の曲を聴いてみると、へなちょこだった歌も、ちょっとはうまくなったような気がする。

額はすっかり禿《は》げあがってしまったが、若い頃と変わらずに目つきは悪く、図体《ずうたい》はでかく、エレキギターの音はひずみまくっている。

ブライアン・ジョーンズとジミ・ヘンドリックスとジャニス・ジョプリンとジム・モリソンよりもずっと長生きして、ニールはロールしつづける。

そして、僕たちのニールも——。

*

*

先生はアコースティックギターを抱き、ハーモニカホルダーを首に掛けて、一人でステージに立った。

まだ夕方の早い時間なので、大ホールの客席は半分ほどの入りだったが、拍手は意外と多かった。若い連中がいる。拍手だけでなく「センセーっ」「富じいーっ」と声も飛ぶ。フクちゃんと同じで、僕も、むしょうにそれがうれしい。

ポロシャツにジーンズ姿の先生は、市長選の公報の写真よりも若く見えた。髪はやっぱり真っ白で、額の面積もさらに広がっていたが、ギターのかまえ方は、あの頃よりもはるかに堂に入っていた。マーティンのアコースティック——けっこう高いやつ。生意気じゃのう、と笑った。あの夏、僕がドレミ楽器店で選んだ安物のモーリスのアコースティック、先生はまだ持っているだろうか。捨てずにいてくれたらいいな。たまにでもいいから弾いてくれていたら、もっといい。

先生は『孤独の旅路』を弾いて、吹いて、歌った。うまくなった。ほんとうに。あの夏はどんなに練習してもできなかったハンマリングオンもプリングオフも、いい音で鳴っている。歌もいい。細く頼りなげな声でも、いい感じに枯れている。

二十八年間、一度も会うことはなかったし、思いだすこともめったになかった。それでも、先生はずっと、僕の先生だった。理科室ではなくドレミ楽器店の二階で教えてくれた。受験には役立たなかったし、先生からなにかを教わったんだということにも、若いうちは気づかなかった。オトナになってからわかった。ほろ苦い後悔や自己嫌悪《けんお》とともに、先生から教わったことは胸に染みていった。

転がりつづけること。

生き抜くこと。

センセ、ボクはロールしよりますか。キープ・オン・ローリングしよりますか。

止まってしもうとっても、もういっぺん動きだしたら、まだ間に合いますか。

センセ、オトナにはなして先生がおらんのでしょう。先生なしで生きていかんといけんのをオトナいうんでしょうか。

曲が終わる。先生は客席の拍手に一礼して応《こた》え、ギターをレスポールに替えながら、「わしの最後の教え子です」と若いバンドをステージに招き入れた。

この三月まで物理を教えていた高校生たちだった。しかも、女子高生バンド。拍手と歓声がひときわ大きくなった。

僕も拍手をした。ひょうひょうっ、とささやかな歓声をあげた。ええのう、ええのう、女子高生に囲まれて、センセ、ええですのう、と小声で言うと、泣きそうになってしまった。

曲は、ニール・ヤングが去年発表した『リビング・ウィズ・ウォー』だった。『太陽への旅路』をやるんじゃないかという予想は、みごとにはずれた。新しい曲をやるのがロールなんじゃ、と先生は言うのかもしれない。

ほんとうは——東京を発《た》つ前に、心の片隅で、ちょっとだけ期待していた。二曲目は『太陽への旅路』を歌って、フクちゃんと僕をバックバンドにしてくれるかもしれない。「わしの恩人はこの二人です」なんて言って。

さっきホールの前で会ったフクちゃんが、再会の挨拶《あいさつ》もそこそこに「長谷川に手伝《てつど》うてもらいたいことがあるんじゃ」と言い出したときには、一瞬、胸がふわっと浮き立った。

だが、僕たちの役目はギターを弾くことではなかった。フクちゃんは僕に商店街でつくった夏祭りのウチワを渡して、「三曲目で使うけん、二曲目が終わったら客席からステージに上がってくれ」と言った。フクちゃんはもっと大きな、祭りの御輿《みこし》をあおぐウチワを持っていた。「酢飯を冷ましつづけて二十六年、おっちゃんのウチワさばきをよう見とけよ」と、僕と同じように小さなウチワを持った若い連中に言っていた。

なんじゃと思う——?

十七歳の僕に訊いてやりたい。答えを言うても笑うなよ、笑うなよ、笑《わろ》うたらしばきまわすど、としつこく釘《くぎ》を刺して。

『リビング・ウィズ・ウォー』が終わる。客席にいた先生の教え子たちが、ウチワを手に次々にステージに上がる。

先生はなにも知らされていなかったのか驚いた顔になったが、メンバーの目配せを受けたドラムスの子がカウントを始めたので、あわててギターを弾きはじめた。『ライク・ア・ハリケーン』――イントロを弾いている間に、ステージに上がった教え子たちは、先生の前にしゃがみこんだ。

わかるか？　わかるか、十七歳のオレ。

笑うなよ、ほんまに笑うなよ。

僕たちはしゃがんだまま、いっせいにウチワで先生をあおいだのだ。ステージの袖《そで》から出てきたフクちゃんも、大きなウチワで、ばっさばっさと風を送ったのだ。

先生の白髪が風にあおられる。『ライク・ア・ハリケーン』を弾いて歌うニール・ヤングのように。嵐《あらし》のような扇風機の風に立ち向かうニール・ヤングのように。

先生は笑っていた。アホ、アホ、と笑いながら、ギターを弾いた。へなちょこな声で歌った。いいギターだ。うまくはないが、このギターなんだ、と思った。あの夏のあの日、僕は弾けなかった。ロールを知らない僕には弾けなかった。いまならどうだ。

僕は、ロールしてるか？　僕の人生は、まだ止まってないか？　動きつづけてるか？　いまは止まっていても、もう一度動きだせるか？　まだ間に合うか？　間に合え。間に合うと言ってくれ。ロール。ロール。ロール。ロール！

先生と目が合った。

おう、長谷川くん、来てくれたんか、というふうに先生は笑った。僕はウチワをあおぐ。あおぎつづける。先生の髪が持ち上がる。白い炎がたちのぼる。僕たちのニールは、ステージに仁王立ちして、ギターを弾きつづける。

ドロップスは神さまの涙

1

たっちゃんに初めて会ったのは、五月だった。母の日の少しあと――教室の後ろの掲示板に貼《は》った『おかあさんの顔』の絵に、ヒゲの落書きをされた日。

たっちゃんは保健室のベッドに寝ていた。二つあるベッドのもう一方をわたしが使った。おなかが痛かった。頭も痛かったし、気分が悪くて吐きそうだった。

たっちゃんがこっちを見ているのはわかっていたけど、そのときはまだ名前も知らなかったし、下級生の男子にこっちから挨拶《あいさつ》するのはヘンだと思ったし、話すどころか目を合わせるのも面倒なほど具合が悪かったので、知らん顔してベッドに入った。

横になって目をつぶると、頭がくらくらするのがやっとおさまった。おなかの痛みや気持ち悪さも、少しずつ楽になってきた。

「河村《かわむら》さん」

保健室の先生が枕元《まくらもと》まで来て、わたしに声をかけた。去年から勤めているおばさんの先生だ。なんとかヒデコ、という名前だから、みんなはこっそり「ヒデおば」と呼んでいて、ひそかに怖がっていて、陰ですごく嫌っている。

「五年一組の次の授業、体育なんだね」

「はい……」

「じゃあ、このまま休んでなさい。細川《ほそかわ》先生にはわたしから言っといてあげるから」

特に怒っていなくても、ヒデおばの言い方はそっけない。太った体つきに似合って、声も低くてしわがれている。度の強いメガネの奥の目はいつもなにかをにらんでいるようで、おっかない。

じっさい、ヒデおばは保健室の先生とは思えないほど怖くて厳しかった。転んで膝《ひざ》をすりむいても、虫歯が痛くなっても、ドッジボールで突き指をしても、泣きながら保健室に入ったら叱《しか》られる。泣きやむまで薬を塗ってくれない。去年の秋には、ズル休みをして保健室に来た六年生の男子がビンタを張られたというウワサも流れた。

わたしは泣かずに保健室に入った。だから、なんとかセーフ。泣くわけがない。わたしはもう五年生だし、学年がいくつでも、こんなことで泣いたら悔しくてしょうがない。

『おかあさんの顔』、がんばって描いた。細川先生にもほめられたし、母の日の授業参観に来てくれたおかあさんもよろこんで、家に持って帰ったらリビングに飾ろうね、と言ってくれた。でも、もうだめだ。あんな落書きをされた絵を家に持ち帰ったら、おかあさんは悲しむだろうし、心配もするだろう。落書きはヒゲだけではなかった。

「死ね」「バカ」「ばいきん」――ふだん口で言われていることを書かれた。

朝、登校して落書きに気づいた。ヒゲも字も小さくて目立たない。でも、どちらもボールペンだった。消しゴムだめじゃん。サイテー。ちょっとは救いを残してくれたっていいのに。ひとごとみたいに思って、ひとごとみたいに笑って、黙って席についた。

教壇に立つ細川先生は気づかないだろう。それでいい。気づいてほしくない。「誰がやったの?」とか、「まさか、このクラスにいじめがあるんですか?」とか、話を大げさにしないでほしい。そーっと。そーっと。わたしは平気だから。本人が気にしていないことを、他人が大騒ぎしないでほしい。体育館シューズを校舎の裏の側溝に捨てられたときも、椅子《いす》の上に鉛筆の削りかすが載っていたときも、わたしは誰にもなにも言わなかった。

『朝の会』と一時間目の社会の授業のときは、先生はずっと教壇にいた。ほっとして、午前中いっぱいはそこにいてください、と祈った。昼休みに絵を掲示板からはずすつもりだった。白いチョークかホワイトマーカーで、それがだめなら白い絵の具で、字の落書きだけでも消して、また掲示板に戻す。午後は理科室に移動して二時間つづきの理科の授業なので、なんとかなる。家に持ち帰る絵は、画用紙を買って、同じような絵を、どこかで、こっそり、がんばって……みんなに見つからない場所を探さないと……。

そんなことを考えていたら、二時間目の算数の授業中、先生は教壇から下りて、問題を解くわたしたちの席を回りはじめた。胸がどきどきした。教室の後ろに行かないで。掲示板を見ないで。絵を見ないで。じっくり見ないで。不安に押しつぶされそうになりながら祈りつづけ、もしも先生が落書きに気づいたらどうしよう、どんなふうにごまかして、どんなふうに話をそこで終えてしまおうか、と考え込んでいたら、おなかが痛くなってきた。頭もずきずきと痛みはじめて、その痛みをこらえていたら車酔いしたときのように気持ちも悪くなってきた。

休み時間までは、あと二十分以上ある。がまんするつもりだった。授業中に保健室に行くなんて嫌だ。目立ちたくない。そーっと。そーっと。みんながわたしに意地悪することに飽きるまで、そーっと、いるのかいないのかわからないような子でいたい。でも、おなかも頭もどんどん痛くなる。目を開けていられない。閉じたまぶたの中で、光がアメーバみたいに伸びたり縮んだりしはじめて、苦いものが喉《のど》にせりあがってくる。もしも教室で吐いたら、ほんとうにヤバいことになる。「ばいきん」ではすまない。もっとひどいことを言われる。

先生を呼んだ。声を出すと、一緒に吐いてしまいそうで怖かった。でも、なんとか声は先生に届いて、振り向いた先生もすぐに「河村さん、顔、真っ青よ」と気づいてくれた。

教室を出るときには保健委員のミキちゃんと一緒だった。でも、ミキちゃんは廊下を少し歩いて話し声が聞こえないところまで来ると、「一人でだいじょうぶだよね？」と言った。「悪いけど、カワちゃんが自分から一人で行くって言ったことにしてくれる？」――わたしが返事をする前にダッシュで教室に引き返してしまった。

気持ちはわかる。わたしと一緒にいたら、ミキちゃんは裏切り者になってしまう。三十秒以上そばにいると移るらしい、カワムラ・ウイルスは。ばいきんとウイルスをごっちゃにしてるところ、ばかだと思う。ほんと、ばか。あいつらみんなばか。死ね。ころす。消す。全消去。ギャクサツ。

ベッドで横向きに寝ていたら、だいぶ楽になった。もうすぐ二時間目の終わりのチャイム鳴るかな、と寝返りを打ってあおむけになったら、隣のベッドの男の子が体を起こしていることに気づいた。

ひゃっと驚いて、思わず掛け布団《かぶとん》を肩まで引き上げると、男の子はくすっと笑った。

胸の名札を見た。〈一ねん一くみ　まえだたつや〉――ウチの弟と同級生だった。

「おなか、もうなおった？」

まえだたつやくんは訊《き》いた。女の子みたいに、細くて、高くて、きれいな声だった。てめー、ばーか、ブスねえちゃん、と生意気なことばかり言う弟とは全然違う。顔も上品そうで、色白で、細おもてで……病人みたい、だった。

「まだいたいの？」

ううん、だいじょうぶ、と小声で答えた。

まえだたつやくんはほっとしたように笑って、でも、すぐにさびしそうな顔にもなった。

「かえっちゃう？」

教室に――？

一瞬きょとんとしたけど、すぐに、ああそうか、とわかった。わたしが教室に戻ってひとりぼっちになるのが嫌なんだ。

だいじょうぶだよ、と笑って言った。三時間目も寝てるから。

「あたまは、まだいたいの？」

うん、まあ、ちょっとね。

「ずきずきするの？」

けっこう。

「たっちゃん」――ヒデおばが、怖い声で言った。机で書きものをしながら、もっと怖い声で「横になってなさい」とつづける。

まえだたつやくんは、いたずらが見つかったようにあわてて、でも、見つけてほしかったみたいにうれしそうに、ベッドに横になって寝たふりをした。

一年生、ガキだなあ、とわたしも笑う。ヒデおばが「まえだくん」ではなくて「たっちゃん」と呼んだのもちょっと意外だった。おっかない声と全然似合っていなかったけど、ヒデおばもそんなふうに学校の子どもを呼ぶことがあるんだと思うと、なんだか背中がくすぐったい。

二時間目の終わるチャイムが鳴って、校内は急に騒がしくなった。でも、保健室のまわりは静かなままだった。クラスの教室がある校舎と中庭を隔てて向かい合う、職員室や図書室や理科室のある校舎のいっとう端――保健室に用事のあるひと以外は、誰も通らない。

だから校内のにぎわいは遠い。誰かを呼ぶ声や、笑う声や、廊下を走る足音が、ぜんぶ遠い。みんな楽しそうだな、と思う「みんな」も遠い。わたしのそばにはわたししかいない。でも、それは教室にいても同じだ。近くにいるのに遠いのと、遠くにいるから遠いのと、どっちがいいか。考えるまでもなかった。保健室、意外といいかも、と思った。

ヒデおばが職員室に電話をかけた。「五年一組の細川先生います？」と、わたしたちに言うのと変わらないぶっきらぼうな声で言って、電話に出た細川先生にも「河村さん、もう一コマ休ませるから」と無愛想に言った。電話はそれで終わりかと思っていたら、細川先生がなにか長い話を始めたのか、ヒデおばは受話器を耳にあてたまま、ふん、うん、ふん、ふん、ああそう、ふうん、ふん、と相槌《あいづち》を打った。態度でか。歳《とし》は細川先生よりヒデおばのほうがずっと上だけど、クラス担任の先生のほうが保健室の先生よりえらいんじゃなかったっけ。違ったっけ。よくわからない。ただ、電話の最後にヒデおばが「そうじゃないよ」と言った声は――すごく怖かった。

三時間目が始まって、校内はまた静かになった。ヒデおばは「よっこらしょ」とつぶやいて椅子から立ち上がり、ベッドに来た。

「具合、どう」

白衣のポケットに手を突っ込んで立ったまま訊かれると、よけい怖い。

だいぶいいです。かすれた声で答えると、ヒデおばは、ふうん、とうなずいて、ポケットからなにか取り出した。

「ちょっと、手を出しなさい」

「え？」

「いいから、ほら」

ポケットから出したのは、ドロップスの缶だった。

赤いのをもらった。イチゴ味だ、たしか。

ヒデおばは「はい、あんたにも」と、たっちゃんには黄色いレモン味のドロップスを渡した。いつものことなのか、たっちゃんは驚いた様子もなくそれを受け取って、すぐに口の中に入れた。

ヒデおばは「ちょっと用事あるから」と言って部屋から出て行った。

学校でお菓子を食べるのは、もちろん禁止だ。持ってきただけでも叱られてしまう。

先生がこんなことしちゃっていいんだろうか、とドロップスを手のひらに載せたまま迷っていたら、たっちゃんが「いらないの？」と訊いてきた。「はやくなめないと、てがべとべとになるよ」

「……うん」

「よかったね、カワムラさん」

「なにが？」

「ドロップス、ふつーはもらえないんだよ。ぼくしかもらえないの」

「……いつももらってるの？」

「だって、おくすりだもん」

これ、咳止《せきど》めの薬――？ でも、ヒデおばがポケットから出した缶は、緑色の、お店で売っているやつだった。

まあいいや、もういいや、先生がくれたんだから、わたしが「ほしい」って言ったわけじゃないんだから知らないっ、と赤いドロップスを口の中に入れた。イチゴの香りと味がふわっと広がった。おいしい。家でもたまにおやつでドロップスをなめることはあるけど、それよりおいしい。学校で、授業を休んでなめているからだろうか。

たっちゃんは、またベッドに起き上がってわたしを見つめた。うれしそうに笑っていた。顔色はあいかわらず青白かったけど、ドロップスが口の中に入っているせいか、ときどき左右のほっぺが、ぷくん、ぷくん、とふくらんで、細くてやせた顔が少しだけ元気よさそうになる。

「カワムラさん、イチゴ？」

「そう。たっちゃん、レモン？」

思いきってあだ名で呼んでみると、たっちゃんは「うん、すっぱい」と顔をくしゃっとしかめて笑った。

わたしも、やーい、と笑った。学校で誰かと一緒に笑うのは、五年生になってからそれが初めてだった。


ゆーれい——と、弟はたっちゃんのことを呼んだ。幽霊の、ゆーれい。

「だって、まえだくんって、ぜんぜんがっこうにこないんだもん。いるけど、ずーっとやすんでるから、だれもしゃべったことないの」

だから、幽霊。

入学式のあと何日かは教室にいたけど、やがて学校を休みがちになって、五月の連休明けからは一度も顔を見ていない。

「なんかねー、からだがよわいんだって。しんぞうとかじんぞうとかかんぞうとか、よくわかんないけど、しゅじゅつしないとしんじゃうってウワサ」

「そうなの？」

「うん……だから、ずっとやすんでるから、ほんとはもうしんでたりしてーって、みんないってる」

ばか、と頭をはたいてやりたかった。保健室に来てるよ、とも教えてやりたかった。でも、弟はおもしろがって「じゃ、こんど、みんなでほけんしつにいってみる」と言い出すかもしれない。

「でも、なんでおねえちゃんがしってるの、まえだくんのこと」

「ナイショ」

「ゆーめいなの？」

まあね、と笑ってごまかして、自分の部屋に入った。

机の上に画用紙を広げた。こっそり持ち帰った『おかあさんの顔』の絵の落書きを、白い絵の具と肌色の絵の具で消していった。

四時間目に教室に戻ったとき、細川先生は「どう？　もうだいじょうぶ？」と訊いてきた。でも、それ以外に特別に話しかけてくることはなかった。落書きには気づかなかったようだ。ラッキー。このまま、そーっと。そーっと。もうすぐ飽きる。あいつらはわたしを悲しませたり困らせたりしたいんだから、こっちが平気な顔をしていれば、意地悪をしても効果がなくて、つまらなくて、ばからしくなって、もうじきやめる。だいじょうぶ。あと二週間、ぐらい、かも。明日いきなり終わる、かも、みたいに。

わたしは負けない。絵筆を走らせながらくちびるをキュッと噛《か》んだ。あのあと給食を食べたので、イチゴのドロップスの味は口の中には残っていない。でも、すごくおいしかったな、あれ。口を閉じたまま、ドロップスを転がすみたいに舌を動かした。ほんとうにおいしかったな。家に帰ってから昼間のことを思いだして元気になるのも、たぶん、五年生になってから初めてのことだと思う。

2

月曜日の朝は、いつも期待する。無理無理無理ありえない不可能、と頭ではわかっていても、心の隅っこで少しだけ。

火曜日から金曜日までは、昨日と今日がひとつづきだから、絶対に無理、あきらめるしかない。でも、学校のない土曜日と日曜日を挟んで迎える月曜日は、もしかしたら気分が変わるかもしれない。金曜日は三日も前のことだから、週末の間に気持ちが途切れてしまうかもしれない。

もう、やーめた——みんながいっせいにそう思ってくれたら、意地悪は終わる。なんかばからしくなっちゃって、と笑ってくれたら、わたしだって笑ってあげる。でしょ、でしょ、やっとわかった？　同じクラスなんだからさあ、わたしキツかったんだからずーっと、ほんと、マジ、ジサツ考えたし、とゆるしてあげる。怒りや恨みや悔しさや悲しさは、とりあえず隠してあげる。いままでのこと、なかったことにしてあげる。忘れたふりをしてあげる。優しくておとな。泣きそうなほど。わたし、いいやつだと思う。

六月の最初の月曜日も期待した。

でも、教室に入ると、やっぱりなにも変わっていなかった。誰もわたしに「おはよう」と言ってくれない。長《なげ》えよ。しつけえよ。おまえら。

がっかりして席について、図書室から借りてあった本を読んだ。五年生になってから読書が好きになった。本を読んでいれば、目を向ける場所が見つけられる。みんなから意地悪をされてわかったことがある。しゃべる相手がいないのは、べつにいい。困るのは目だ。見るものがない。どこを見ても、あいつらが目に入ってしまう。見たくない。自分を無視する相手を見つめていると、すごく、負けっぽい。本がなければうつむいているしかない。なにも見るものがないというのは、なにもすることがないというのと同じで、教室でなにもすることがないというのは、五年一組の一人として死んでいるのと同じだと思う。本があってよかった。わたしには見るものがある。やることがある。ページをめくる。忙しい忙しい。読書に夢中。一所懸命だから、悪いけど相手にしてられない、あんたらのこと。これで本の中身が頭に入っていれば、もっといいんだけどな。

ほんとうは、かなり――すごく、期待していた。月が変わったし。ウチの学校には制服はないけど、近所で見かける私立の子は衣替えで夏服になったし。気分を切り替えるにはサイコーのタイミングだ。わたしならやめる。ここで、すぱっとやめる。朝、目が覚めたときには、やったね、という予感もあった。よし終わった、もう終わった、と一人で決めていた。

だから、最初のがっかりが消えたあとも、じわじわと胸が締めつけられる。

まだ終わらない。まだつづく。もしかして一生――？

気持ち悪い。うえっ、と吐きそう。ほんとうに吐きそう。舌の裏の付け根から、ねばっこい唾《つば》がどんどん湧《わ》いてくる。呑《の》み込みたいけど、喉《のど》がひくひくしてうまく動かない。気持ちの悪さをこらえていたら、寒気がしてきた。喉のまわりはうっとうしいほど熱いのに、額やこめかみがすうすうとひんやりする。吐きそう。苦いものが喉の奥をせりあがったり戻ったりする。一気に喉を逆流するタイミングをうかがっているみたいだ。

だめだ。いま、『朝の会』のチャイムが鳴った。でも先生が来るまで待てない。吐きそう。口の中が苦くて酸《す》っぱい。唾はじゅくじゅくと湧いているのに、口の中がからからで、歯ぐきと頬の裏側がくっついてしまう。吐きそう。だめだ。吐きそう。

席を立った。教室を出た。そーっと。そーっと。誰かが見ている。誰かが笑っている。誰かが「ばいきーん」と声をかける。誰かが誰かとひそひそ声で話して、くくくっと笑う。

せんせい。

廊下で細川先生と出くわしたので、具合が悪いんです、トイレ行ってきます、と言った。

「河村さん」

先生は心配そうな顔でわたしを呼び止めて、「だいじょうぶ?」と訊《き》いた。

だいじょうぶじゃないからトイレに行くのに。

トイレの個室に入ってから気づいた。吐き気はおさまっていた。気持ち悪さや寒気は残っていたけど、がまんできないほどではなかった。ほっとして、なーんだ、とも笑って、もう一つのことにも気づいた。

細川先生の「だいじょうぶ？」は、もっと別のことを訊いていたのかもしれない。先生は、もう知っているのかもしれない。

教室に戻りたくない。先生に顔を見られたくない。よけいなことを言われたくない。そっとして。黙ってて。知らん顔して。無理だと思うけど、わかって。

トイレを出た。廊下をのろのろと歩きだした。五年一組の子は五年一組の教室で授業を受けなければいけないなんて、誰が決めたんだろう。

廊下の途中で、また吐き気がこみあげてきた。口を手で押さえ、トイレに駆け戻ると、おさまっていた。だいじょうぶ、もうだいじょうぶ、と外に出て歩きだすと、また吐き気に襲われる。トイレに戻ると消えている。

それを何度か繰り返したすえに、教室とは逆の方角に歩いてみた。

だいじょうぶ。

もう振り向いても平気だろうかと思ったけど、やっぱり怖くて、足を止めずに歩きつづけた。教室から遠ざかる。吐き気はもう襲ってこない。気持ち悪さや寒気も少しずつおさまってきた。階段を降りる。渡り廊下を進む。授業中にいられる場所は、五年一組の教室以外には、保健室しかなかった。

机に向かって書きものをしていたヒデおばは、戸口に立つわたしに気づくと、「失礼しますって言えるでしょ、口があるんだから」と怒った声で言った。「それで、なに？　具合悪いの？」

「……吐き気がするんです」

「五年一組の河村さんだよね」――名前、覚えているとは思わなかった。

ヒデおばはわたしを机の横の椅子《いす》に座らせると、にらむような目つきでじろじろ顔を見て、「横になってなさい」と言った。吐き気のことを尋ねるわけでもなく、熱を計ったり薬をくれたりするわけでもなく、「ベッドの下に洗面器があるから、それ枕《まくら》元《もと》に置いて、気持ち悪くなったら吐きなさい」の一言だけで、書きもののつづきに戻ってしまった。

ほんとうは、もう吐き気はすっかり消えていた。気持ち悪さも寒気もない。だから、これは仮病ということで、サボりで、ズル休みになる。ばれたら叱《しか》られる。去年のウワサみたいにビンタを張られるかもしれない。

わたしは黙って、なるべく具合悪そうにうつむいて歩きだした。

ヒデおばに言われたとおりベッドの下から洗面器を出して枕元に置き、上履きを脱いでベッドに上がろうとしたら、「おはよう」と隣のベッドから声をかけられた。

たっちゃんだった。

「カワムラさん、またきたね」

このまえとは違って、たっちゃんの頭の下には氷枕が敷いてあった。起き上がりそうな気配はないし、声もこのまえよりか細くて弱々しかった。

でも、たっちゃんはなつかしい友だちに再会したみたいに、「げつようびって、だめなんだよね」と話をつづけた。「どにちでちゃんとやすんだから、だいじょうぶだとおもっても、やっぱりだめなの」

「熱、出ちゃうの?」

「そう……いすから、ころんで、おちちゃうの」

かっこわるーっ、と笑う。それだけのことで、はあ、はあ、と息が苦しそうになる。

「たっちゃん、うるさいよ」──ヒデおばがベッドに来た。

怒った声で「寝てなさい」とたっちゃんに言って、もっと怒った声で「あんたも五年生なんだから、たっちゃんが具合悪いのわかるでしょ、少しは考えなさい」とわたしを叱りつけた。

「……すみません」

「河村さんも気持ち悪いんでしょ、吐くの、吐かないの、どっち」

そんなこと言われたって。

「吐いちゃいそうなの？　自分のことだからわかるでしょ」

もうちょっと優しく訊いてほしい。

「どうなの？」

口を開いて答えると泣きだしてしまいそうだったので、黙って首を横に振った。

「吐かなくてもだいじょうぶなの？」

今度は縦に振った。

ふうん、とヒデおばはうなずいて、白衣のポケットを探った。

カラン、と音がした。ドロップスが缶の中で転がる音だ、とわかった。

「手、出しなさい」

ほら早く、なにぐずぐずしてるの、とせかされて、手のひらを出した。ヒデおばは缶を軽く振る。缶の口からこぼれ出たのは、白いドロップスだった。

「なにいろだった？」とたっちゃんに訊かれた。

でも、わたしはハッカのドロップスが好きだから、「当たりーっ」と言い返してやった。

たっちゃんはハッカが嫌いなのだろう、「はずれーっ」と笑った。

「白……ハッカだよ」

ヒデおばは缶の蓋《ふた》を閉めながら「河村さん、元気なんじゃないの？」とにこりとも
せずに言って、「まあ、いいけどねえ」と机に戻っていった。
「あれ？　ぼくには？　ドロップスないの？」
拍子抜けして訊くたっちゃんに、ヒデおばはそっけなく「ない」と言った。「起き
上がってなめないと、喉にひっかかるでしょ」
たっちゃんもそれは最初からわかっていたのか、わたしを見て「やっぱ、だめだっ
たぁ」と目を細めて笑う。まぶたに青い血管が透けていた。笑ったあとの顔は、ぐっ
たりとしているようにも見えた。
わたしはベッドの縁に腰かけたまま、ドロップスを口に入れた。ハッカのすうっと
した刺激が口の中に広がって、鼻に抜ける。
ヒデおばは机にファイルを広げて、わたしに声をかけた。
「あんた、今日はもう給食までここにいなさい」

午前中ずっと——？

「保健室に行くこと、細川先生に言ってる？　言ってないの？」

「……言ってません」

「黙って来ちゃったの？」

「……はい」

叱られる。もう、これは、絶対に。

ヒデおばは、ほんとにもうっ、といらだたしそうに椅子を引いて、「いまから五年一組に行ってくるから」と立ち上がった。「あんたたち、留守番してなさい」

騒いでたらひっぱたくからね、と付け加えた声は怖かった。

わかったね、とわたしを振り向く顔も怖かった。

でも、わたしのためにわざわざ五年一組の教室まで行ってくれる。「もしアレだったら、放課後までここにいていいから」とも言ってくれた。

「やったねーっ」とよろこんだのは、たっちゃんだった。

二人きりになると、たっちゃんは「ハッカって、おいしいの？」と訊いてきた。

「からいでしょ？」

この味をからいと言うのかどうか、よくわからない。でも、確かに、一年生の頃はわたしにもハッカは「はずれ」だった。

「ねえ、たっちゃん……保健室って、週に何度も来てるの？」

「けっこうたくさん。でも、ぼく、がっこうやすむひのほうがおおいし」

「ウチの弟、たっちゃんの同級生なんだよ。河村武志《たけし》っていうんだけど、知ってる？」

「……ぼく、クラスのこ、ぜんぜんしらない」

だよね、とうなずいた。ハッカの香りのついたため息が漏れる。この子もわたしとは違う意味でひとりぼっちなんだな、と思う。

「ドロップス、いつももらってるの？」

「そう。ねつがあるときはくれないけど」

「ほんとはお菓子って食べちゃいけないんだよ、学校では」

「でも、おくすりだよ」

違うってば、とあきれて笑った。たっちゃんも、えへへっ、と笑う。

「おいしい？　ハッカ」

「うん、おいしい」

「ぼくね、ブドウがすき」

「あ、わたしも、いちばん好きかも」

「でも、なかなかでてこないの、ブドウ」

たっちゃんはしょんぼりした顔になる。でも、ドロップスには二種類ある。緑の缶のやつと赤い缶のやつ。緑の缶のドロップスにはブドウは入っていないはずだ。あれは赤い缶のほう。知らないんだ。一年生だし。

教えてあげようかと思ったけど、なんだかそれもかわいそうな気がして、黙ってハッカのドロップスをなめた。

「カワムラさん、しってる？　ドロップスって、かみさまのなみだなんだよ」

「はあ？」

「ヒデコせんせいがおしえてくれたの。うたがあるんだって、『ドロップスのうた』っていうの」

たっちゃんは『ドロップスのうた』を歌いだした。なきむしの神さまが赤い涙や黄色い涙を流して、それがドロップスになった、という内容だった。たっちゃんの声は細くて、かすれてもいて、メロディーはよくわからなかったけど、「いーまではドロップスーッ」というところ、なんとなく聞き覚えがあった。

「かみさまって、なきむしだから、かなしくてもなくし、うれしくてもなくんだって」

「ふうん」

「だからね、ヒデコせんせいがくれるドロップスって、かみさまがかなしくてながしたなみだなんだって」

ちょっと嫌だった、それ。

「うれし涙かもしれないじゃん」

口をとがらせて言うと、たっちゃんは「だって……」と言い返した。「びょうきになるのって、かなしいでしょ？」

「……それはそうだけど」

「はやくよくなりなさいって、かみさまがながしたなみだだから、おくすりなの」

「誰がそんなこと言ってたの？」

「ヒデコせんせい」

うそ。信じられない。あんなにおっかないヒデおばなのに。似合わない。

「ねえねえ」――ヒデおば、と言いかけて、たっちゃんに合わせて「ヒデコ先生」と言い直した。

「ヒデコ先生って、たっちゃんと二人だったら優しいの？」

「わかんないけど、おこるとこわい」

「でっしょーっ」

よかった。ちょっとほっとして、ちょっとうれしかった。大げさに相槌《あいづち》を打ったはずみにドロップスがこぼれ落ちそうになった。あわてて口の中に戻して、嚙《か》みくだいた。ハッカの刺激がいっぺんに強くなる。悲し涙なんだ、このドロップス。そう言われてみると、ハッカの味は悲しい味かも。わたしはいま、悲し涙をなめて、嚙んで、嚙みくだいて、細かなかけらにして、ごくん、と呑《の》み込んだ。

早くよくなりなさい――病気の子に神さまはそう言ってくれるのなら、わたしみたいな子にはどんなことを言うのだろう。

早くみんなにゆるしてもらいなさい。違う。早く先生やお母さんに相談しなさい。違う。早く怒りなさい。ちょっと違う。早くジサツしなさい。全然違う。わからない。でも、このまえのイチゴも、今日のハッカも、悲し涙のドロップスはおいしかった。

「もうかんじゃったのぉ？　もったいなーい」

わたしも、いまになって少し後悔している。

ヒデおばが戻ってきた。

手に、赤いランドセルを提げていた——わたしの。

「河村さん、あんた、今日はずっとここにいて自習しなさい。勉強でわかんないところがあったら、教えてあげるから」

ヒデおばはランドセルをベッドにどすんと置いた。ワケがわからないわたしをよそに、「あー、重かった、もうっ」とランドセルをにらみつけた。

「今度からここに来るときは自分でランドセル持っておいで」

「……え？」

「自分のことは自分でやりなさい。そんなの常識でしょ」

ぷんぷん怒って席に着いて、ぷんぷん怒って仕事のつづきにとりかかる。

わたしのこと、ヒデおばは、ぜんぶ知っている——みたいだ。

不思議だった。細川先生には絶対に知られたくなかったのに、ヒデおばにはそんなこと思わない。どっちかというと、知ってくれてよかった。もう隠さなくていい。そーっと、しなくていい。そーっと、生きなくてもいい。

「先生」

くちびるをなめて、ハッカの味が残っていないか探した。意外とあった。舌の先っちょがすうっとした。

「あのね、ウチのクラスって、もう、サイテーなんですよ……」

ヒデおばは分厚い本をめくりながら「んー?」と面倒くさそうな声を出して、「黙って勉強しなさい」と言った。

3

ヒデおばはなにも助けてくれない。なにも言ってくれないし、なにもしてくれない。ただ、わたしを保健室にいさせてくれるだけだった。

教室にいるのがキツくなると、保健室で自習をする。たっちゃんは、いるときもあればいないときもある。家に帰って弟に確かめると、たっちゃんは保健室にいない日はいつも学校を休んでいた。そして、学校に来た日はいつも——早いときは『朝の会』の前から、遅くても給食の前には、ぐったりして保健室に入ってくる。

でも、保健室にいるときのたっちゃんは、元気はなくても楽しそうだった。ヒデおばにドロップスをもらうと、うれしそうに、にっこり笑う。ブドウのドロップスがあれば、もっとよろこぶはずだけど。

ときどき、保健室に電話がかかってくる。ヒデおばはいつもぶっきらぼうに応対する。

「だめだよ」――ぴしゃりと断るときの声は、ほんとうに怖い。もっとぶっきらぼうに、もっと怖い声で「いいかげんにしなさい」と怒ることもある。うっとうしそうな相槌で相手の長い話を聞いたあげく、「よけいなことしなくていいから」の一言で電話を切ってしまうことも。

誰と話しているのか、最初はわからなかった。でも、ある日、つい、ヒデおばは相手の名前を口にしてしまった。

「あのねえ、細川先生、あんたもねえ……」

それですべてがわかった。初めて保健室に来た日に細川先生に電話で言った「そうじゃないよ」の意味も、その日ヒデおばがわたしとたっちゃんを残して出かけていった先も。

ヒデおばが電話を切るのを待って、わたしは言った。

「守ってくれてたんですか？」

ヒデおばは机の上の消しゴムかすを手で払いながら「違うよ」と言った。

「でも……」

「あんたがいたい場所にいさせてあげただけだよ」

「だから、守ってくれてたんでしょ？」

「ほっといただけ」

机の上はもうきれいになっているのに、ヒデおばは手を休めない。

「細川先生、教室に来なさいって言ってるんですか？」

「そりゃあね、あんたは五年一組の子なんだし、細川先生はクラス担任なんだから」

「教室に行ったほうがいいですか？」

「自分のことは自分で決めなさい」

「……ずっと、ここにいてもいいんですか？」

「あんたがそうしたいんなら、そうしなさい」

「このまま……ずーっと保健室だと、まずいです、よね」

「知らないよ、そんなの」

突き放されているのに、さびしくない。隣のベッドでたっちゃんが「いればいいじゃん、カワムラさん」と言うから、もっとさびしくない。

「先生、なんで最初にわかったんですか？　わたしがみんなから意地悪されてること」

「うーん？」

「だって、わたし、なにも言ってなかったのに」

ヒデおばは仕上げのように机の上にぷーっと息を吹きかけてから、「頭とおなかが同時に痛くなる子は、たいがいそうだよ」と言った。

へえ、そういうものなんだ、とうなずくと、ヒデおばはやっとベッドのほうを見て、つづけた。

「あとね、あんたね、なんで意地悪っていうの？　そういうときの言い方は知ってるでしょ、五年生なんだから」

胸がどくんと高鳴った。おろしたての白いシャツに、カレーとかラーメンのスープとかの染《し》みが散ったとき、みたいに。

いじめ——なんだ。

わたしは、みんなからいじめられているんだ。

鬼ごっこの鬼につかまった。ずっと必死に逃げてきたのに、追いつかれた。

「あんた、クラス委員なんだってね」

そう。五年生はクラス替えしたばかりなので、細川先生は選挙ではなく、先生の指名でクラス委員を決めた。わたしになった。三年生のときも四年生のときも一学期のクラス委員だったし、勉強も女子でわたしがいちばんよくできるし。

「張り切りすぎた？」

たぶん、そう。五年生で初めて同じクラスになった子たちが「カワちゃんは先生にひいきされてる」と陰で悪口を言っているのがわかったから、よけいクラスをまとめるためにがんばった。それを、「いばってる」と思われた。みんなにどんどん話しかけていたら、「病気をうつすばいきんみたいだ」と言われた。最初は二、三人だったのに、あっというまにクラスの女子全員に広がった。そっちのほうがばいきんみたいだ。いじめは伝染病だ。しかも、かかった子ではなく、かからなかった子のほうが苦しめられる。いじめは伝染病で、センプク期間も、何日で治るかも、特効薬も、なにもわからない。

「意地悪されてるって思ってたほうがいいの？」

「だって……」

いじめに遭うのは、だめな子だと思っていた。弱くて、とろくて、負けてる子がいじめに遭う――だから、わたしじゃない。

認めなさい、と言われたらどうしよう。あんたはほんとうは弱くて、とろくて、負けてるから、いじめに遭ってるんだよ、と言われたら、どうしよう。

でも、ヒデおばはそれ以上はなにも言わなかった。

代わりに、わたしとたっちゃんのそばに来て、いつものようにドロップスをくれた。わたしは薄い青のスモモで、たっちゃんは緑色のメロン。甘いのかすっぱいのかはっきりしないスモモは、わたしには「はずれ」だった。たっちゃんもちょっと残念そうだった。だからブドウは緑の缶には入ってないんだってば。

悲し涙を、口の中に放り込んだ。

「はずれ」のドロップスだから、すぐにがじがじと奥歯で噛みくだいた。

悔し涙になった。

ほんとうに泣きだしそうになったから、まだかけらがたくさん残っているうちに、ごくん、と呑み込んだ。

細川先生に待ち伏せされた。六月の半ば過ぎ——その頃はもう毎日のように保健室にこもっていた。放課後はみんなが下校して校内が静かになったのを見計らって、昇降口に向かう。先生はそこでわたしを待っていた。

「河村さんに渡したいものがあるの」

先生はなんだか得意そうだった。ショルダーバッグからプリントの束を取り出すしぐさも、プレゼントを見せるときみたいに、じゃーん、と声が出そうな明るさだった。

「あのね、今日の学級会で、みんなにお詫《わ》びの手紙を書いてもらったの」

「……え？」

「河村さんが保健室に行ってる間に、何度も話し合いしたの。みんなも反省して、河村さんにお詫びの手紙を書こうって決めて」

それが、このプリントの束。女子だけではなくて、意地悪を見ていて止めなかった男子も全員書いたのだという。

「まあ、河村さんとしてはゆるせないかもしれないけど、読んであげてほしいの。みんなまじめに書いてるから。泣きながら書いたって子もいたのよ」

先生の声が、すうっと遠ざかる。違う、わたしがすうっと後ろに引っぱられていくような感じがした。

なんで——声は出なかった。口も動かなかった。でも、わたしには聞こえる。

なんでそんなことするんですか——。

「保健室登校っていうのよ、いまの河村さんがやってること。いじめに遭って教室にいられない子が、緊急避難みたいに保健室に集まるの。でも、それは緊急避難だから、いつまでもつづけてたら困るでしょ、河村さんも。先生だって、いまは保健の先生に言われてるからお母さんには連絡してないけど、やっぱりね、いつまでも黙ってるわけにはいかないでしょ。来月には保護者会もあるし、個人面談もあるんだから、それまでには教室に戻ってないと」

なんでそんなこと言うんですか——。

わたしはみんなからいじめられたんじゃなくて、意地悪された。教室にいられなくなったんじゃない、いたくないから、保健室に行った。避難したわけじゃなくて、あそこが好きだから、ずっといる。

「みんなも反省してるの。先生がきっちり叱《しか》ったからね」

ほんとよ、だから安心して、と先生は笑う。

最初から心配なんかしてない。月曜日にはちょっとだけ期待して、いつも裏切られて、火曜日から金曜日まではあきらめてるだけだ。

「とにかく、手紙、読んであげて。で、明日からは教室で授業受けてちょうだい」

先生はわたしの後ろに回ってランドセルの蓋《ふた》を開けた。「ここに入れとくからね」と手紙の束を入れようとした。

「やだっ」

わたしは背中を激しく揺すってランドセルの蓋を持つ先生の手を振りほどき、そのまま廊下を駆け出した。来た道を引き返して、保健室に向かった。呼び止められたたけど、振り向かなかった。最初のうちはランドセルの蓋がはずれたままでばたばた音を立てて、中の教科書やノートが浮き上がりそうだったけど、やがて蓋のマグネットが留まって、そこからは走るのも速くなった。

ドロップスをなめたい。

4

保健室に駆け込むと、部屋にはおとなのひとが二人いた。おじさんとおばさん。椅《い》子《す》に座って、ヒデおばと話していた。

びっくりしてわたしを振り向く二人の間から、たっちゃんが顔を出した。

「あれえ？　カワムラさん、かえったんじゃなかったの？」

たっちゃんは思いがけずわたしが戻ってきてうれしそうだったけど、おじさんとおばさんは——それからヒデおばも、ちょっと困った顔でわたしを見ていた。

ヒデおばは「まあ、ちょうどよかったかもね」と言って、わたしを手招いた。

「ちょっとね、河村さん、たっちゃんとベッドで遊んであげて。一人だと退屈しちゃって、すぐ外に出てきちゃうから」

ドロップスを二つもらった。オレンジとハッカ。二つとも、めずらしく最初から出して机の上のティッシュに載せてあった。

はい、とオレンジを渡そうとしたら、たっちゃんは「ぼく、そっちにする」とハッカのほうを指差した。

「ハッカでいいの？『はずれ』だよ」

「うん、へいき」

たっちゃんはわたしの手のひらからハッカのドロップスをつまんで、おじさんとおばさんに「みて、みて」と言った。「パパみて、ママみて、ハッカなめちゃうよ、ぼくできるんだよ」――両親だったんだ、この二人。

たっちゃんはブドウを食べるときみたいに顎《あご》を上げ、くちびるをとがらせて、ぱくっとドロップスを口に入れた。

顔がしょぼしょぼっとしぼむ。でも、吐き出さずにがまんした。「すごーい、たっちゃん」とお母さんが拍手をした。その顔をちらっと見て、気づいた。お母さんの目には涙が浮かんでいた。

わたしたちがベッドに入ると、ヒデおばはふだんは使わないカーテンを端から端までぴったりと閉めた。

　外が見えない。でも、たっちゃんはそれが逆に気に入ったのか「ひみつきちみたい」と笑って、ベッドに座ったまま掛《か》け布団《ぶとん》を頭からすっぽりかぶって、あかずきんちゃんみたいに顔だけ出した。

「あのね、ぼくね、しゅじゅつするの」

　いきなり――。

「あしたからにゅういんするの、おばあちゃんちのちかくのだいがくびょういんに」

　笑いながら――。

「それでね、えーとね、インナイガッキューっていうのがあるの、そこ。びょういんのなかのがっこうなの。しゅじゅつ、なんどもしないといけないから、ぼく、そこにてんこうするの」

　コリコリッ、とドロップスと歯が当たる音が聞こえた。ハッカ、おいしくない、と息を歯ですうすう鳴らしながら、笑った。

　両親と先生の話し声は低くて聞き取れない。ただ、お父さんもお母さんもヒデおばにお礼を何度も言っているような気配だった。

　もっと耳をすまして話を少しでも聞こうと思っていたら、廊下からばたばたと誰かが走ってくる音が聞こえた。

「すみません、河村さん来てませんか？」――予想どおりのひとだった。はあはあ、ぜえぜえ、と息を切らして、学校中走りまわっていたのだろう。

わたしはオレンジのドロップスを舌と上顎の間に押しつけて、たっちゃんにも、静かにね、と口の前で人差し指を立てて見せた。

「来てないよ」

ヒデおばは、そっけなく言った。

「そうですか……」と、細川先生の声は半べそをかいているみたいに震えた。

「でも、職員室で待ってれば来るわよ。待ってなさい」

「え、でも……」

「見てわかるでしょ、お客さんと話してるの。邪魔しないで、職員室で待ってなさい」

「来るって、なんでわかるんですか」

「あんたよりたくさん見てるからだよ、子どもを」

「そんな……わたしだって……」

「おなかが痛くて泣いてる子ども、何人見てる、あんた」

怖い声だった。

「膝《ひざ》をすりむいて泣いてる子ども、何人見てる」

もっと怖くなった。

「子どもはにこにこ笑ってるだけじゃないんだ」

すごく怖い——けど、その声は、おじいちゃんとおばあちゃんとお父さんとお母さんをぜんぶ合わせたみたいな、頼もしい声でもあった。

細川先生がなにも言い返せずに立ち去ったあと、ヒデおばはたっちゃんの両親ともう少し話をしてから、カーテンを開けた。

「たっちゃん、そろそろ帰るって、お父さんとお母さん」

「ぼくも？」

「あたりまえでしょ」

横からお父さんが「たっちゃん、ヒデコ先生にお別れしなさい」と言った。「いままでお世話になりました、って」

お母さんは黙って、ハンカチを目元にあてていた。

たっちゃんはお別れの意味がよくわからないのか、きょとんとしてうなずき、「ヒデコせんせい、またね」と手を振るだけだった。こっちのほうが悲しくなって、たっちゃんの手術のことが心配にもなって、胸が熱くなった。口の中でドロップスが溶《と》ける。悲し涙が溶けて、広がって、染《し》みていく。

ヒデおばは、白衣のポケットに手を入れた。

「たっちゃん、もうハッカのドロップス食べた？」

「うん、おいしくないからのんじゃった」

「じゃあ、お別れだから、もう一個あげる」

緑の缶をポケットから取り出して、カラカラ、と音をたてて振った。

「たっちゃんがいちばん欲しいドロップス、言いなさい。それが出たら、手術が成功して元気に遊べるよ」

うそ——。

だめ、それ——。

「ぼく、ブドウがいいなあ」

ほら、やっぱり。

わたしはあわてて口の中のドロップスを呑《の》み込んで、ヒデおばに、だめです、やめてください、と言おうとした。でも、オレンジの甘みで口の中がべたべたして、呑み込んだドロップスも喉《のど》にひっかかったみたいで、声が出ない。

「なにが出てくるかわかんないけど、ブドウだったら、うれしい?」

「うんっ」

「先生もうれしいけどねえ、どうだろうねえ、うまくいくかどうかわかんないよ」

そんなのやめて。ゲームにしないで。絶対に負けるゲーム、たっちゃんにやらせないで。

ヒデおばは蓋を開けた缶をまた軽く振って、たっちゃんの手のひらに、ころん、とドロップスを落とした。

紫色のドロップス――「やったーっ」とたっちゃんは歓声をあげた。

ブドウ。間違いない。あの色、あの形は、ブドウのドロップスだった。赤い缶のやつにしか入っていないブドウが、緑の缶から出てきた。

お父さんとお母さんも手を取り合って大よろこびだった。やったな、やったね、すごいな、よかったね、と二人とも涙声でよろこんでいた。

たっちゃんは、あーん、と口を大きく開けて、ブドウのドロップスを舌の先に載せた。口を閉じて、ぺろん、ぺろん、となめて、「おいしいっ」と笑った。

きっと、その味、うれし涙だ。そして――何週間か、何カ月か、何年先かわからないけど、たっちゃんのお父さんとお母さんはもう一度、二人で手を取り合ってうれし涙を流すんだろうな、と思った。信じてる。不思議な奇跡が起きたのだから、それ、信じていい、と思う。

たっちゃんが両親と一緒に帰ったあと、ヒデおばは「あんたも食べる？」とドロップスの缶を差し出した。

「あの……」やっぱり、不思議だった。「なんでブドウが出たんですか？」

「なんでって、入ってたから出たんでしょ」

そんなことじゃなくて。わたしはドロップスの緑の缶と赤い缶の違いを説明して、緑の缶からブドウが出ることはありえないことを伝えた。

でも、ヒデおばは驚いた様子もなく、「あんたのもブドウだよ」と言った。

「わかるんですか？」

「出してごらん」

缶を受け取って、手のひらに出した。一個だけのつもりだったけど、勢いがつきすぎて三個いっぺんに——ぜんぶ、ブドウだった。

びっくりして、残りのドロップスも手のひらに出した。

ブドウ、ブドウ、ブドウ、ブドウ、ブドウ、ブドウ……。ぼうぜんとしている隙《すき》に、ヒデおばは机のひきだしを開けて、赤い缶のドロップスを取り出した。

「たっちゃんがブドウが好きだっていうの、聞いてたから」

そっけなく言って、中身がぎっしり詰まった赤い缶を振りながら、「面倒だよねえ」としかめっつらになる。

「そこから出して……入れたんですか、こっちに」

最初から机の上に出ていたオレンジとハッカのドロップスは、赤い缶に入りきらなかったぶんだったのだろう。

「ちょっと、こんなにいっぺんに出しちゃうと、しけっちゃうじゃない」

叱られた。「食べるぶんだけ食べて、あとは中に戻しなさい」とにらまれた。でも、わたしと目が合いそうになると、そっぽを向いて、「ああ、もう面倒だった面倒だった」と大げさにため息をつく。

わたしはブドウを一個だけ口に入れ、あとはぜんぶ緑の缶に戻した。

ぺろん、ぺろん、と舌ではじくようにドロップスをなめていると、ブドウの味や香りと一緒に、自然と笑い声も出てきた。甘いなあ、ドロップス。おいしいなあ、すごく。

ヒデおばはそっぽを向いたまま「どうするの」と言った。「細川先生探しに来たの、せんせい。

聞こえたでしょ」

「はい……」

「職員室で待ってる、って。伝言、伝えたからね、あとはあんたが決めなさい」

違うじゃん、職員室で待ってろって言ったのヒデおばじゃん。待ってればわたしは絶対に来るから、って言ったんじゃん。絶対に、とまでは言わなかったかな。

ぺろん、ぺろん、とドロップスをなめる。カチン、カチン、と歯に当たる。甘くて固くて、少しずつ溶けて、広がって、染みて。

「いつでも来ればいいから、ここに」

ヒデおばは赤い缶をひきだしにしまって、「でも、もうドロップスはあげないよ。あんた虫歯があるのに歯医者行ってないでしょ」と、また怒った声で言った。「そういうの、ぜんぶわかるんだからね」

ぺろん、ぺろん、カチン、カチン。

「細川先生待ってるから、行くんだったら早く行きなさい」

ぺろん、ぺろん、カチン、カチン。

ふふっと笑った。甘いものが口の中にあると、どうして頬がふわっとゆるむんだろう。

奥歯で嚙《か》んだ。かけらにして、ごくん、と呑み込んだ。

ゆるすかゆるさないかは、まだ決めていない。ゆるしても、忘れない。たぶん一生。

でも、口の中に残った甘いブドウの香りが、行こうか、と言ってくれた。

わたしはランドセルを背負い直して、ぺこりと頭を下げた。

ヒデおばは、『保健室だより』の古いのを読み返しながら「ドロップスのこと、ナイショだからね」と言って、じろっとわたしをにらんで、初めて笑った。

マティスのビンタ

1

年老いた白井《しらい》先生は、私を見ても表情を変えなかった。

若い女性のヘルパーさんが先生の耳元に手と口を寄せ、大きな声で「先生、先生、起きてますかぁっ」と言った。「先生が、ずーっと待ってたひと、来てくれましたよおっ」

それでもだめだった。ぼうっと虚空《こくう》を見つめる白井先生のまなざしは動かない。杖《つえ》をついて椅子《いす》に座ったまま、立ち上がる気配もない。

ヘルパーさんはため息交じりに私を振り向き、申し訳なさそうに苦笑した。エプロンの胸には「永田《ながた》」と名札がついていた。

「すみません、ちょっと今日、調子が悪くて」

「いつも、こういう感じなんですか？」

私が訊《き》くと、永田さんはさらに苦みの増した笑顔になって「今日は特によくないですねえ」と言った。「ゆうべ張り切りすぎちゃった反動が出たかなあ」

ゆうべは介護士やヘルパーがびっくりするほど調子がよかったらしい。古い卒業アルバムを開き、写真を指差して、明日はこの子が来るんだ、わしを訪ねて来るんだ、と得意そうに何度も言っていたのだという。

「でも、指差す写真はそのたびに違うんですけどね」

永田さんは話に哀《かな》しいオチをつけて、私に椅子を勧めた。小さく会釈《えしゃく》して腰を下ろすと、白井先生と正面から向き合うかたちになった。

「柘植島《つげしま》さんは、先生とは何年ぶりになるんですか？」

「中学を卒業して以来ですから、三十年ぶりですね」

「三十年前っていうと、先生も……」

「いまのぼくたちぐらいですよ、四十代半ば」

ですよねえ、と永田さんはうなずき、また先生の耳元に口を近づけた。

「先生、三十年ぶりなんですって。すごいですねえ、三十年たって会いに来てくれたんですよ、すごいですよねえ、やっぱり先生ってえらいんですね」

白い無精ひげで覆《おお》われた頬が、少しだけゆるんだ。笑ったように見えた。だが、くちびるからよだれが糸を引いて垂れ落ちて、永田さんがあわててタオルでそれをぬぐうと、もう表情は元の——感情のありかが見分けられない顔に戻ってしまっていた。

「『先生』って呼んでるんですか、ヘルパーの皆さんも」

「そっちのほうが反応がいいんですよ」

学校の先生だったひとは皆さんそうです、と永田さんは付け加えた。

このグループホームには、認知症の進んだ老人が二十人近く入所している。現役時代の職業はさまざまで、サラリーマンだったひとも専業主婦だったひともいる。あのひとなんか社長さんだったんですよ、と永田さんが手のひらでそっと指し示した先には、別のヘルパーに車椅子を押されてトイレに向かう老人がいた。

「社員が三百人ぐらいいたらしいんですけど、『社長さん』って呼んでもだめなんです。名前を呼ばないと返事をしてくれません。『部長さん』や『課長さん』なんて、もっとそうです。誰のことだ、っていう感じで、きょとんとしちゃいますから」

だが、かつて教師だったひとは違う。「先生」と呼ばれると、ごくあたりまえのように振り向いたり返事をしたりする。同じ「先生」と呼ばれる職業でも、医者や弁護士にはそういうことはないのだという。

「よくヘルパー同士で感心してるんですよ。学校の教師の『先生』って、肩書きや役職じゃないんでしょうね。あと、敬称でもなくて……なんて言えばいいのかな、もう、『先生』としか呼びようのない存在っていうか……」

なんとなく、わかる気がする。教師が「聖職者」と呼ばれる所以《ゆえん》は、品行方正だからというのではなく、そういうところなのだろう、とも思う。

私はあらためて白井先生に目をやった。肩をすぼめて座った先生は、びくびくとおびえるような気弱な表情になっていた。自分がなぜここにいるのか、個室からなぜ食堂に連れて来られたのか、なにもわかってはいないのだろう。

厨房《ちゅうぼう》から醤油《しょうゆ》の焦《こ》げるにおいが漂ってきた。鍋《なべ》の蓋《ふた》を開け閉めする音も増えてきた。昼食時間は間近だった。

煙草《たばこ》の吸える談話室を空けてある、と永田さんは言った。白井先生の部屋も今朝のうちに掃除をしてある。食事はそこに運んでもらえるらしい。

「先生の部屋にお邪魔してもいいですか」

永田さんに訊くと、だめですよ、とやんわりたしなめられた。わたしじゃなくて部屋のあるじに訊かないと。

なるほど。私は先生に向き直り、なるべくゆっくりと、大きな声で言った。

せ ん せ い。

「部屋に、戻りましょうか。先生の、部屋、ぼくにも、見せてください」

返事はなかった。言葉以外の反応もなかった。それでも永田さんは満足そうにうなずいて、「はい、じゃあ先生、柘植島さんにお部屋を見せてあげましょうね。いいですよね？　昔の教え子なんですから」と言った。先生は、うん、うん、とうなずく。永田さんの言葉の意味が伝わっているのかどうか、目はうつろなままだったが、確かに、こくん、こくん、と首を倒していた。


片手で杖をつき、片手を廊下の手すりに添えて、白井先生はゆっくりと歩く。永田さんと私はその後ろに付き従って、足踏みとたいして変わらない速さで廊下を進む。

永田さんは歩きながら言った。

「息子さんのご家族以外で面会に来られた方、柘植島さんが初めてなんですよ」

そうだろうな、と私は黙ってうなずいた。私が中学時代を過ごした――先生が教壇に立っていた街は、東京からうんと遠いところにある。三年前に連れ合いを亡《な》くしてから認知症の症状が出て、一人暮らしがつづけられなくなった先生を、転勤で東京に住んでいる息子さんが引き取った。そして、中学時代の同級生で四十歳を過ぎて東京で暮らしているのは、私一人だった。

「土日は面会の方でにぎやかなんですけど、平日はほんとうに静かなんですよ」

永田さんはそう言って、ふと思いだしたように私を振り向き、「お仕事、だいじょうぶだったんですか？」と訊いた。

「ええ……」笑った。「ちょっと近くに営業で回る用事があったんで」

小さな嘘《うそ》を永田さんは、あっさりと受け容《い》れてくれた。

「もしよかったら、これからも仕事のついでがあったときには顔を見せてあげてください。昔のことを知ってるお客さんが来ると、皆さん、やっぱり少し元気になるんです。病気のくわしいことはよくわからないんですが、進行のほうも抑えられるって聞いたことありますし」

「はい……」

「先生のあだ名みたいなものって、あったんですか？　もしそういうのがあるんだったら、わたしたちもそれで呼んでみたいんですけど」

私は小さくうなずいた。先生本人が知っていたかどうかはわからない。生徒がひそかに、微妙な揶揄《やゆ》を込めて、呼び習わしていたあだ名だった。

「マティスです」

「え？」

「アンリ・マティス……画家です、フランスの」

永田さんは要領を得ない顔であいまいに相槌《あいづち》を打って、「白井先生って、美術の先生だったんですよね」と言った。「やっぱり絵がお好きだったんですね」

ちょっと違う。いや、まったく違う。私は大きくかぶりを振って、「好きっていうんじゃないんです」と言った。

「はあ……」

「先生は、画家だったんです。自分は画家なんだって、いつも言ってました」

「じゃあ、教師は副業っていうか、生活のために？」

「そうじゃなくて」

先を歩く先生をちらりと見た。ためらいはあったが、振りはらってつづけた。

「先生は画家になれなかったんです。画家になりたくてもなれなかったひとなんです」

永田さんではなく、先生の背中に、言った。

先生は聞こえなかったのか、聞こえていても意味がわからなかったのか、意味がわかっていてもそれを自分に重ねることができないのか、黙って、のろのろと歩きつづけていた。

2

放課後の美術室で、白井先生は絵を描いていた。イーゼルに載せたキャンバスに向かって、一心に絵筆を走らせる。同じ部屋にいる美術部の部員には目を向けることすらほとんどなかった。美術部の顧問とはいっても、部員の指導よりもむしろ自分の作品を仕上げることのほうに夢中になってしまう教師だった。

下校のチャイムが鳴って部員が帰りじたくをはじめても、先生は絵筆を止めない。お先に失礼しまーす、と挨拶《あいさつ》をする部員を振り向きもせず、暗くなるまで——いや、暗くなってからも、一人で絵を描きつづける。

美術室は校舎の三階にあった。野球部にいた私は、ぽつんと明かりが灯《とも》った美術室の窓をグラウンドからよく見上げていた。先生の姿は、その角度からでは見えない。けれど、一人きりで絵を描いている先生の後ろ姿は、不思議なほどくっきりと想像できた。

マティスというあだ名が、いつ付いたのかは知らない。私たちが入学したときにはすでに先生はマティスだった。

あだ名の由来は、美術の授業を受けてすぐにわかった。

先生は、アンリ・マティスの絵が大好きだった。大判の画集をしょっちゅう私たちに見せて、二十世紀でいちばん才能のある画家はピカソではなくマティスだと言っていた。マティスの作品を模写したスケッチブックも、何冊もあった。美術のことなどなにもわからない私たちが「ホンモノそっくり」と素直にびっくりすると、先生は満足そうにうなずき、ふるさとの方言でこう付け加えるのだ。

「先生も、マティスに負けんぐらいの才能があるんど」

冗談だと思ってみんなが笑うと、真顔で「ほんまじゃ、ほんまなんじゃ、いつかわかるわい」と言っていた。

生徒相手に子どもじみた見栄《みえ》を張っていただけなのか、本気でそう思い込んでいたのかは、わからない。

ただ、先生はいつも自分の絵を描いていた。作品が仕上がるとコンクールに応募していた。応募締切の間際《まぎわ》になると美術の授業中にも生徒を放ったらかしにしてキャンバスに向かい、私たちが入学する何年か前には保護者会で問題になったこともあるらしい。それでも、先生は自分の絵を描くことをやめなかった。コンクールに応募しつづけた。教師の自覚を持ってほしいと諫《いさ》める校長に、自分は画家だ、と言い返したという噂《うわさ》も聞いた。

だが、私たちが卒業するまで、先生の名前がコンクールの入賞者の欄に載ることはなかった。その後もずっと、先生は自分で画家と名乗っているだけの中学教師でありつづけた。

先生には、才能がなかったのだ。

グループホームの個室は、六畳ほどのワンルームだった。

永田さんは先生をベッドに腰かけさせ、カーペットを敷いた床に私が座ると、ベッドの枕元《まくらもと》の壁を指差して「この絵、先生が描いたんですよね」と言った。「やっぱり美術の先生だから、じょうずですよねえ」

額に入れた小さな絵が掛かっている。見覚えのある――有名な作品だった。全裸の女性が五人、手をつないで輪になって踊っている。

私は苦笑して、「これは模写ですよ」と言った。「もともとはマティスの作品で、『ダンス』っていうんです」

美術の素人《しろうと》の私でも知っている、マティスの代表作の一つだ。どうやら、永田さんは私以上に絵のことには疎《うと》いひとらしい。

「模写っていいますと……」

「マティスの絵をお手本にして、描き写したんです。サイズはずっと小さくなってますけど」

「でも、先生が描いたんでしょ？」

「ええ、まあ……」

「じょうずですよ、わたしなんか全然無理ですもん」

屈託なく笑う永田さんをよそに、私は模写の『ダンス』をあらためて見つめた。ポスターではなく、まがりなりにも自分で筆を執った絵を飾っているところが、救いといえば救いだったが、自分のオリジナルではなく模写だというのは、やはり寂しかった。

夕暮れのグラウンドから見上げた美術室の窓が、ため息とともによみがえる。

一年生の頃は、もしかしたら、と思っていた。先生はもしかしたら、コンクールに入選して、ほんとうに夢をかなえて画家になるのかもしれない。

二年生になると、その期待はほとんど薄れてしまった。先生は確かに毎日がんばって絵を描いている。だが、世の中には努力だけではどうにもならないものがあるんだと、私たちにも少しずつわかってくる。

三年生では、それがもっとよくわかる。部活動のレギュラー争いで、進学のことで、そして異性との関係でも、努力してもむだなんだ、と――認めたくなくても、思い知らされてしまうことが増える。先生を見る目も変わる。先生が絵を描きつづけ、コンクールに応募しつづけることを、もう私たちは夢とは呼ばなかった。ただの未練だと冷ややかに笑い、未練を捨てきれないことを哀れにも思って、たぶん、私たち自身の、なにがどうとは言えないうっぷん晴らしもしていたのだろう。

マティスみたいになったら、おしまいじゃけん――。

友だちとよく話していた。

あげな人生、哀れでしょうがなかろうが――。

私は聞き役より話し手になるほうが多かった。

誰か言うちゃれや、あんたには才能やらありゃせんのじゃけえ、早《はよ》うあきらめんさい、て――。

先生の悪口を言いつのると、蟬《せみ》の羽をむしるときのような、背中がひやっとする気持ちよさがあった。

先生自身はどうだったのだろう。本気で画家を夢見ていたのは、いつまでだったのだろう。定年退職するまで、いや、定年になってからもずっと夢見ていたのなら、哀《かな》しい。だが、三十年前のあの頃すでに、心の片隅ではあきらめていたのなら――そのほうが、もっと哀しい。

「お茶、いれてきますね」

永田さんが部屋を出てしまうと、先生と二人きりになった。だが、気まずさを背負い込む心配はなかった。先生の目はあいかわらずうつろで、ひくひくと動く口からは、なんの言葉も聞こえてこなかった。

本棚には、古い卒業アルバムが何冊か並んでいた。背表紙を覗《のぞ》いてみると、年度も学校もばらばらだった。自宅から適当に選んで持ってきたのか、最初からそれだけしか持っていなかったのか、どっちにしても教師としてはほとんどやる気のなかった先生らしい話だった。

私の卒業した年のアルバムはなかった。たとえ偶然ではあっても、それでいいんだ、そのほうがいいんだ、と少しほっとした。病気が最初に消してしまう先生の記憶は、あの年の冬のものであってほしい。年老いた先生が真っ先に忘れ去ってしまう教え子の顔は、私のそれであってほしい。

そして、どうやら、その望みはかなえられているようだった。急須《きゅうす》と湯飲みを持って部屋に戻ってきた永田さんが、「先生、よかったですねえ、同窓会ですよ」と笑いながら言うと、先生はうつろな目のまま私を見て、こんにちは、と小さく頭を下げたのだった。

先生の病気を私に知らせてくれたのは、ふるさとに住む同級生の皆川《みながわ》だった。年に何度か気まぐれに電話をかけてくる皆川は、先週も「ひさしぶりに柘植島のことをふと思いだしたけん」と酔った声で言い訳して、同級生の近況や昔の思い出などとりとめのないおしゃべりをしばらくつづけてから、不意に先生のことを口にしたのだ。

「マティスいう先生がおったの覚えとるか？」

すぐには返事ができなかった。忘れていたせいではない。むしろ逆――決して忘れられない教師だったから。

皆川は私の沈黙を勘違いして、美術の先生でおったろうが、ほれ、白井じゃ、白井、画家になるとか言うて、絵をぎょうさん描いとった先生じゃ、と早口に言った。

「……うん、覚えてる」

「マティス、いま、東京におるらしいど」

それを聞いた瞬間、胸がどきんと高鳴った。

「惚《ぼ》けてしもうて、施設に入っとるんじゃと」

「惚けた、って……どんなふうに」

「もう、昔のことも忘れてしもうて、誰が誰やらわからんようになってしもうとるらしい」

それを聞いて思わず漏れたため息は、皆川には悟られなかったが、自分ではわかる――安堵《あんど》のため息だった。

皆川は先生がふるさとの家を引き払ったいきさつを手短に説明して、「せっかく東京におるんじゃけえ、代表してお見舞いに行っちゃれや」と笑った。

はなから冗談の口調だった。皆川もあの頃、キャンバスに向かう先生の背中を冷ややかに見ていた一人だった。

「マティスは定年まで中学の先生やってたのか」

私が訊《き》くと、皆川は「おう、やっとったらしいど。最後はお情けで教頭にしてもろうた、いう話じゃ」と言った。

「画家にはなれなかったんだよな」

「そらそうよ」

「コンクールには応募してなかったのかな、もう」

「さあ、どうじゃろうの……応募しとっても、入選せんかったら名前も出んけえ、わからんがな」

皆川はそう言って、「あと、びっくりしたことがあるんよ」とつづけた。「話を聞いてほんまにびっくりしたんじゃけど、マティスの歳《とし》……わしらを教えとった頃、ちょうどいまのわしらぐらいじゃったんよ、四十五、六じゃ」

私も驚いた。もっと若いと思っていた。中学生におとなの歳を正確に当てるのは難しくても、せいぜい三十代半ばだろうと思い込んでいた。

「ええ歳こいて、なにをふらふらしよったんじゃろうのう、あいつも」

皆川は笑いながら言った。さっきとは違って、少し寂しそうな笑い方になった。

「四十過ぎたら、ええかげんにあきらめるで、ふつうは」

「ああ……」

「年甲斐《としがい》のないことをしとったんじゃのう、マティスは。アホじゃ、アホ」

言葉は乱暴だったが、声は不思議と優しい――古い友だちをからかうような響きだった。

私は受話器を握り直して、「マティスが入ってる施設って、東京のどこなんだ」と訊いた。

「行ってみるんか？」

「暇があったらな」

ほんとに行くかどうかわからないけど、と付け加えた。

皆川は「ほんなら調べてみるわ」と言った。「もし見舞いに行ったら、夏に帰ったときにでも様子を教えてくれや」

私は、ああ、とだけ応《こた》えて電話を終えた。必ず帰るから、とは言わなかった。

いまは四月――八月の盆休みに帰省できるかどうかはわからない。職探しを始めて、すでに三カ月が過ぎていた。半年間給付されてきた雇用保険も、今月で切れる。

二年前のいまごろは、青臭い、それこそ年甲斐のない言葉をつかうなら、希望に燃えていた。長年勤めてきた銀行を辞めて、急成長をつづけていたＩＴ企業に転職した。高額の報酬を保証されたうえで経理担当部長としてヘッドハンティングされたのだ。

だが、二年間で状況は一変した。転職した会社は、ほどなく別の会社に吸収合併され、さらに吸収された先の会社は去年の夏に別の会社に呑《の》み込まれた。新しい親会社は私たちの会社に厳しいリストラを迫り、大幅な減給に異議を唱えた私はあっさりと解雇されたのだった。

いまでも思う。何度でも思う。言っても詮《せん》ないことだからこそ、繰り返し繰り返し、あのとき銀行を辞めなければ、と思ってしまう。

皆川の電話のあと、ソファーに座ってぼんやりと虚空《こくう》を見つめながら、白井先生の姿を思い浮かべた。四十代半ばになっても未練を捨てきれない男と、堂々巡りの後悔をつづける男の、どちらが哀れなのだろう。

どっちも、だな。

左頬をさすりながら、苦笑した。

先生にビンタを張られたときの痛みを、ひさしぶりに思いだした。ぶたれたのは左頬だったのに、記憶の底から浮かび上がる痛みは、胸の奥にあった。

3

「柘植島さんって無口なんですね」

黙ってお茶を啜《すす》るだけの私に、永田さんは言った。「せっかく来てくださったんだから、昔の話、先生にたくさんしてあげてください」――そう言われても困るのだ。

「柘植島さんは、何年生のときに先生のクラスになったんですか?」

「いえ……担任だったわけじゃないんです」

「あ、じゃあ美術部にいたんですか？」

「そういうわけでもなくて……」

ほんとうは接点などなかったのだ、先生と私には。先生の顔を見るのは週に二時間の美術の授業だけで、なにか言葉を交わしたという記憶もない。美術の成績は三年間ずっと、五段階評価の「3」だった。卒業と同時に顔も名前も忘れてしまう、その他大勢の一人――いや、とにかく授業にやる気のなかった先生のことだから、「3」の生徒のことなど、教室にいた頃から覚えていなかったかもしれない。

「担任でもないし、部活動の顧問でもないんですか？」

念を押して訊く永田さんの顔に不審の色が浮かんだ。「じゃあ、なんでわざわざいらしたんですか？」と重ねて訊く声は、詰問《きつもん》するようにとがっていた。

認知症の老人を狙《ねら》った詐欺《さぎ》を警戒しているのかもしれない。面会者名簿に住所と名前は書いておいたが、この様子だと勤務先も尋ねられるかもしれない。勤務先、なし。正直に答えると話はさらにややこしくなってしまうだろう。

しかたなく、私は言った。

「先生に叱《しか》られたことがあるんです。三年生の冬に、ビンタを張られたんです」

「はあ……」

「先生は生徒にはほとんど関心のないひとでしたから、ぼくがいた三年間では、先生が生徒を叱ったのはそれが最初で最後だったし……その前も、その後も、一度もなかったかもしれない」

だから――「特別な生徒なんですよ、ぼくは」と言った。黙ってうなずく永田さんは完全には納得していないようだったが、かまわず先生に向き直った。

「先生、松崎《まつざき》さんって覚えてますか。松崎洋子《ようこ》さん」

表情は変わらない。うつろなまなざしが私のほうを向くこともない。

「ぼくは、松崎さんの同級生だったんです」

先生はそっぽを向いたままお茶を啜る。かわりに、永田さんが、先生のくちびるの端から顎《あご》に垂れ落ちたお茶をタオルで受けながら「松崎さんっていうひとが、どうかしたんですか？」と訊いた。

「三年生の一学期の途中で転校してきたんです。おとなしくて、絵がすごくうまい子だったんです」

先生の反応はなにもない。絵がうまい、というところで眉《まゆ》が小さく動いたような気がしたが、それはこっちの勝手な思い込みなのだろう。

「先生、覚えてませんか。松崎洋子さんです」

「先生、先生、柘植島さんが訊いてますよ、ほら、先生」

「松崎さんの絵、覚えてませんか？」

「先生ってば、先生、聞こえてます？」

「稲刈りの風景を描いた絵ですよ。先生が初めて、本気になって指導した絵です」

「先生、い、ね、か、り、の、え、覚えてません？」

「先生が……めちゃくちゃにした絵のことです」

永田さんは「え？」と私を振り向いた。

だが、先生は動かない。両手で持った湯飲みをぼんやりと見つめているだけだった。もう先生の意識は幻の世界に行ってしまったきり、戻ってはこないのだろうか。

それが寂しくて、同じくらいほっとして、永田さんの目にうながされるように私は話をつづけた。


松崎さんはほんとうに絵のうまい子だった。転校してきてから美術の時間に何枚か描いた絵は、中学生の私たちから見ても明らかに、ずば抜けてうまかった。

だが、松崎さんはほんとうにおとなしい子でもあった。男子とはほとんど口をきかないし、女子同士で話しているときも、話題が自分のことになると顔を真っ赤にしてうつむいてしまう。特に、絵を褒められたときには、逆に叱られているみたいに身を縮め、消え入りそうな細い声で、そんなことない、そんなことない、と謙遜《けんそん》するのだった。

松崎の絵はマティスよりうまいんじゃないか――。

クラスのみんな、そう思っていた。ひそひそ声でそれを口にして、ひそかに笑い合うこともあった。松崎さんをたたえるというより、むしろ、白井先生をおとしめるために彼女を使っていたのかもしれない、といまは思う。

二学期になってほどなく、市が主催する夏休み絵画コンクールの結果が発表された。夏休みの宿題として描いた絵がすべて審査に回され、夏祭りの様子を描いた松崎さんの絵は特選に選ばれた。私たちの学校から特選が出たのは、十何年ぶりのことらしい。

全校朝礼のときに校長から賞状と盾を受け取る松崎さんに拍手を送りながら、私たちはちらちらと――ひとによってはつま先立ったりその場で軽くジャンプしたりして、白井先生の様子をうかがった。

「マティス、悔しいじゃろうの」「拍手しとったけど、内心は怒りで燃えとるん違うか」「中学生のコンクールじゃけん、まだええけど、オトナも応募できるやつじゃったらカッコつかんがな」「いや、マティスの描いた絵がもし間違いで紛れ込んどっても、どうせ予選落ちよ」「中学生に負けたらショックじゃろうの。わしなら自殺するかもしれん」「ほんまは、もう、こっそり応募しとったりして」……。

そんなことを小声でぼそぼそ話していたのだった。

中学生活もあと半年で終わる。高校受験の志望校も固まりつつある。それは、おまえの成績で行ける高校はここだ、と決められることでもあった。入学式のときに校長が言った「きみたちには無限の可能性があります」は嘘《うそ》だった。可能性が無限であるはずがない。甲子園で優勝して広島カープにドラフト一位で入団するのが夢だった私は、野球部の誰よりもたくさん素振りをして、まじめにノックを受けてきたのに、結局レギュラーにはなれないまま引退した。

その頃の私は、絵を描きつづける先生の姿に哀れみだけではないものを感じていた。冷ややかに笑うのではなく、ムッとして顔をしかめてしまう。見たくない。いてほしくない。野球部の練習中にグラウンドから見上げていたときとは違って、放課後の補習授業を終えた帰り道は、いつも美術室の窓をにらみつけていた。

みんなはどうだったのだろう。そんなふうに思っていたのは私だけだったのだろうか。それとも、みんな同じだったのだろうか。同窓会でほんとうに話さなければいけないのは、そういう思い出話なんじゃないかと、最近ときどき思う。

十月——美術部の部員と、絵の成績が上位の生徒が、美術室に集められた。毎年十二月におこなわれる県主催の絵画コンクールへの、いわば校内予選を通過した生徒たちだった。

松崎さんも当然その中に含まれていた。先生は彼女の才能を認めていたのだ。そして、その才能は校内の誰よりも優れているんだ、ということも。

選ばれた十数人の生徒は、毎日放課後に美術室にこもり、それぞれの絵を仕上げていった。

去年までの先生は、生徒の絵をおざなりに見て回るだけで、あとはずっと自分の絵を描いていた。だが、その年は違った。松崎さんにつきっきりで、下描きの構図やデッサンの段階から細かく指導していった。

「かなわんで、こっちのことは放ったらかしなんじゃけえ」

美術部の板谷《いたや》は、あきれ顔で言っていた。

松崎さんが転校してくるまで、学校でいちばん絵のうまい生徒は板谷だった。夏休みのコンクールでも入選した。だが、松崎さんは特選なのだ。県のコンクールでも上位入賞が大いに期待されている。板谷も、先生が松崎さんを集中的に指導することについては納得している様子だった。

だが、板谷はつづけて、「松崎の絵、変わってしもうた」と言った。

松崎さんは稲刈りの風景を描いていた。夏休みのお祭りの絵と同じように、水彩絵の具のにじみを活《い》かした、いかにも優しそうな絵だったらしい。

ところが先生は、それではだめだと言う。もっと大胆な構図をとって、色づかいも筆の運びも大胆にして、収穫のよろこびを絵ぜんたいで表現しなければだめだ——下描きから何度も描き直させた。うまくいかないときには声を荒らげたりもした。おとなしい松崎さんは先生になにも言い返せず、目に涙を浮かべて絵を描いているのだという。

「マティスの言うことも、わかるんよ。それこそ、ホンモノの画家のマティスみたいに描け、いうことじゃけん」

板谷はそう言って、じゃけど、と首をかしげた。

「わしは前の松崎の絵のほうがええ思うんよ。あのままで、なんでいけんのじゃろ……」

コンクールの結果が発表された。

私たちの学校で入賞したのは板谷だけ——松崎さんは、選外佳作にも入っていなかった。

むしょうに腹が立った。松崎さんに特別な感情を抱いているわけではなかったが、とにかく先生に対して腹が立ってしかたなかった。

だから、誰彼なしに言った。

「マティスはひがんだんじゃ。自分より松崎のほうが才能があるけえ、それが悔しいけえ、わざと絵をめちゃくちゃにして、入賞できんようにしたんじゃ」

自分の言葉を、私自身、本気で信じていたのかどうかは、わからない。ただ、言いたかった。先生のことを徹底して悪《あ》しざまに言わずにはいられなかった。

その日も——放課後、昇降口を出たところで友だちを見つけて、「のうのう、おまえ、松崎がなしてコンクールに落ちたか知っとるか」と呼び止めた。

先生の悪口を言いつのった。「自分に才能がないのは勝手じゃけど、生徒の才能をつぶしてどないするんじゃ」とも言って、「人間のくずじゃ」と吐き捨てた。

話に夢中になりすぎて、背後に立つひとの気配に気づかなかった。

「おい」

低い声で呼ばれた。なにげなく振り向くと、先生が険しい顔で私をにらんでいた。

「いまの、どういう意味じゃ」

悪口を聞かれていた。私はひやっとして肩をすくめ、うつむいて、それでも謝るつもりはなかった。

「違うんですか」くってかかるように訊《き》き返した。「先生、ほんまに松崎のこと、ひがんどらんのですか」

先生の返事は――ビンタだった。
二、三歩あとずさってしまうほどの強いビンタだったが、先生はそれ以上はなにもせず、なにも言わずに、左頬を押さえてうなだれる私を残して、そのまま立ち去ってしまった。
先生の後ろ姿がどうだったのかは思いだせない。私の訊いたことへの答えが背中にあったのかどうかも、わからない。私はまだ幼かった。いまならどうだろう。わかるだろうか。わからないままだろうか。

ただひとつ、いまの私がその場にいたなら――もう一発、中学生だった私の右頬をぶっていただろうな、という気はする。

4

先生はじっと私を見つめていた。話を聞いて私のことを思いだしてくれたのか、それともただこっちを向いているだけなのか、まなざしはあいかわらずうつろなままだったが、灰色の目脂《めやに》がうっすらと膜を張った黒目は、ぴくりとも動かなかった。

私も目をそらさない。うつむいてしまうぐらいなら、最初からここへは来なかった。

「先生……」

思えば、おとなになってから誰かを「先生」と呼んだことなど、ほとんどなかった。

「先生、あのときは……」

言いかけて、胸が詰まった。夕暮れのグラウンドから見上げた美術室の窓が、また思い浮かんだせいだ。あの部屋にいたのは先生だけではなかった。ぽつんと明かりが灯った窓の向こうには、私自身の姿もあったのかもしれない。

くちびるをキュッと結び、声が震えないように喉《のど》を絞って、一息に言った。

「すみませんでした」

頭を深々と下げて、ゆっくりと、もう一度、先生に向き直った。

「先生、先生、よかったですね、でも、もういいですよねえ、昔のことなんですから、時効ですよ、時効」

永田さんが笑ってとりなした。

先生は黙って私を見つめる。うつろなまなざしは変わらない。まばたくと目脂が糸をひいた。

「一つだけ教えてください」

私は言った。永田さんは、それ無理ですよ、たぶん無理ですよ、と首を横に振って目配せしてきたが、返事が来ないのは私にもわかっている。答えを知るためにではなく、ただ言葉にすることだけが目的の問いかけだってある。

「先生は、描き直した松崎さんの絵のほうがよかったと、いまでも思ってますか」

先生はただ黙って、私を見つめるだけだった。

私は湯飲みにあったお茶の残りを飲み干して、松崎さんのその後を伝えた。

私と同じ県立高校に進んだ彼女は、高校時代にも県や市のコンクールで何度か入選した。だが、東京の美大の受験に二年続けて失敗し、結局、地元の女子大の家政学部に進んで、いまはふるさとで専業主婦をしている。田舎町でずば抜けている程度の才能では画家になれなかった。才能とは残酷なものだと思う。それでも、何年か前の同窓会で会った松崎さんは、おとなしかった中学時代が嘘のようによく笑い、よくしゃべって、幸せそうだった。

四十五歳になった松崎さんが、入賞できなかったあの絵のことをどう思っているかは知らない。たぶんそれは、彼女自身にもわからないものなのだろう。

「せっかく来てもらったのに、ほんとうにすみません」

永田さんは申し訳なさそうに言って、「こんなに調子が悪いのは初めてなんです」とつづけた。「ゆうべ、張り切りすぎて……疲れちゃったのかな」

私は微笑《ほほえ》んで受け流した。先生が楽しみに待っていた教え子が誰だったのかはわからない。私ではないことは確かだ。それでいいんだと、思う。たとえその生徒が、現実の世界のどこにもいないのだとしても。

「柘植島さん、また来てあげてください」

「はい……」

うなずいたが、私はもう二度と先生には会わないだろう。

柘植島さんお帰りですよ、外まで送りに行きましょう、と先生を立たせようとする永田さんを制して、「ここでお別れします」と言った。

「そうですか？」

ども みたいに小さくなって、小刻みに震えていた。
中腰になって「先生、さようなら」と別れを告げた。膝《ひざ》に載せた先生の右手は、子
「ええ……ここで、いいんです」

食堂を抜けて玄関に出ようとしたら、永田さんが「あ、そうだ」と足を止めた。

「柘植島さん、ちょっと、これ、見てあげてください」

食堂の壁に、掲示板がある。先週みんなで出かけたのだというお花見の写真が、大きな模造紙を台紙にして何枚も貼《は》ってあった。

「この下にね、あるんですよ」

「なにが？」

「絵です、先生の絵……ホームにいるお年寄りの皆さんで、展覧会やったんですよ。絵の得意なひとは絵を描いて、お習字の得意なひとはお習字で、って」

永田さんはほかのヘルパーさんに手伝ってもらって、模造紙をはずした。

絵や習字が整列するように並んだ真ん中に、先生の作品はあった。手のひらに絵の具をつけて、それをハンコのように画用紙に押しつけていた。赤い手のひら、青い手のひら、緑の手のひら、黄色い手のひら……思いつくまま押し当てただけで、上から

まっすぐ当てていないので、ほとんどの手のひらはかすれたり絵の具が垂れたりしていた。

「筆やペンで描くのは、ちょっともう難しいんで、手のひらを使ってもらったんです。でも、先生、すごく楽しそうでしたよ。ぺったん、ぺったん、いつまでもやってたんです」

そばにいたヘルパーさんが、そうそう、ほんと飽きなかったよね、と笑った。別のヘルパーさんも、あの調子だったら一日中やってたよね、絶対にね、とうなずきながら言う。

私は先生の絵に向き合った。これが先生の、最後の作品になる。美術室で絵を描きつづけてきた先生は、人生の締めくくりに、この絵を描いた。

微笑みが浮かぶ。哀れみではなかった。腹立たしさとも違う。せつなさといとおしさが入り交じったような、いや、それとも微妙に違うような、いままで味わったことのない思いが、胸にじわじわと湧《わ》いてくる。

「この手のひらですよ」

私は絵を見つめたまま言った。

「この手のひらで……ビンタをされたんです」

胸の奥がうずく。後悔でも申し訳なさでもなく、ただ胸がうずいて、熱くなって、私は頬を画用紙にすり寄せた。

青い手のひらが左頬を撫《な》でる。黄色い手のひらがさする。赤い手のひらが包み込む。目をつぶると、キャンバスに向かっていた先生の背中が浮かんだ。それは揺れながらにじみ、消えて、今度は私自身の背中に変わる。

先生がずっと描きつづけてきたものが、やっとわかった。それは、私もいま——誰だってずっと、目に見えないキャンバスに描きつづけているものでもあった。

先生の作品を濡《ぬ》らしてはいけない。私は閉じたまぶたに熱いものを溜《た》め込んだ。暗闇《くらやみ》に浮かぶ光景が変わる。美術室の窓が見える。ぽつんと灯っていた明かりが、いま、静かに消えた。

にんじん

1

同窓会の案内状を受け取ったのは、去年の十一月だった。

パソコンでつくった文章に添えて、〈工藤《くどう》先生もぜひお越しください〉と幹事からの手書きのメッセージもあった。おとなびた字に一瞬困惑した私は、親が代わりに書いたのだろうかとも思いかけて、さすがにそれはないか、と苦笑した。〈旧六年二組〉と最初はしかつめらしく書いてあったが、途中で〈サイコーだった六年二組〉と少しくだけて、最後は〈史上最強（笑）の六年二組の思い出を二十年ぶりに語り合いましょう〉としめくくられていた。

あの子たちが卒業してから、もうそんなになるのか。あらためて気づく。十二歳で小学校を卒業して、二十年を足せば、三十二歳。あの頃の私の歳《とし》を超えた。もうじゅうぶんにおとなだ。結婚して、子どもができて、小学生の親になっている子だって多いだろう。「あの子たち」と呼ぶのはおかしい。「あのひとたち」になるのか。でも、それもどうもなあ、とまた苦笑して、その顔のまま、ため息をついた。

案内状の文章には、一つ、嘘《うそ》があった。

〈サイコーだった六年二組〉――そんなはずはない。それは五年二組の間違いだ。もしも六年二組になにか言葉をかぶせるのなら、むしろ〈サイテーだった〉のほうがふさわしい。

幹事の連中はもう忘れてしまったのだろうか。彼らにとってはたいしたことではなかった、というわけなのか。私は違う。二十年間ずっと覚えていた。記憶はそれなりに薄れていても、決して消え去ることはなかった。

同窓会の幹事は三名いた。案内状の最後に並んだ氏名と二十年前の顔が重なるには少し時間がかかったが、そこには出ていない一人の教え子の顔は、すぐに浮かんだ。男子だ。細おもての貧相な顔立ちをしている。本名より先に、私が心の中で呼んでいたあだ名が出た。

にんじん――。

ひどい呼び方をしていた。顔の形が野菜のにんじんに似ているから――あだ名を口にすることはなかったが、万が一誰かに訊《き》かれたらそう答えようと思っていた。だが、ほんとうは違う。ジュール・ルナールの小説の『にんじん』から名付けた。母親に「にんじん」と呼ばれ、理不尽な虐待《ぎゃくたい》を受けつづける少年の物語だ。中学生の頃に読んで、なんという救いのない物語だろう、と嫌な気分になった。大学時代に読み返したときも感想は変わらなかった。にんじんという少年にも、彼を虐待する母親のルピック夫人にも、虐待に気づいていながらなにもしない父親のルピック氏や兄姉たちにも、とにかく物語に登場するほとんど全員になんの共感も寄せることができず、ただひたすら嫌な気分になるだけで、どうしてこれが名作と呼ばれるのか訝《いぶか》しく思ったほどだった。

そんな物語の主人公の名前を、私はかつての教え子に付けたのだ。

本名は卒業アルバムを開いてやっと思いだした。伊藤和博《いとうかずひろ》。三十一人いた同級生の中で真っ先に忘れてしまってもしかたない、ありふれた名前だった。

アルバムにはクラスの集合写真が載っていた。最前列の中央に座る私は若い。二十七歳——教師生活五年目で、初めて六年生を受け持った。写真を撮ったのは四月か五月、新年度が始まってまだそれほどたっていない頃だった。背筋を伸ばし、膝《ひざ》に握り拳《こぶし》を置いてカメラをまっすぐ見つめる青年教師のまなざしには、気負いと緊張と、そして微妙な不安も宿っていた。いまならわかる。もっと肩の力を抜けよ、と声をかけてやりたくもなる。

にんじんは最後列にいた。ひょろりと背の高い子だった。陽射《ひざ》しがまぶしかったのか、シャッターを押すタイミングに笑顔を合わせそこねたのか、眉《まゆ》を寄せてしょぼくれた、泣きだしそうな顔をしていた。

写真を撮ったとき、私はすでに彼を心の中で「にんじん」と呼んでいた。彼のことが嫌いだった。最初に顔を見たときから、ずっと。

同窓会には、にんじんも来るのだろうか。どんなおとなになっているのだろう。見てみたい気もするが、再会してどうふるまえばいいのかわからない。にんじんは、少年時代のあの一年間を記憶のどこに、どんなふうにしまい込んでいるのだろう。思いだしたくない記憶のいちばん奥に、厳重に封印をして隠しているのなら、私と同じだ。その封印が解かれたら、にんじん、おまえは私になにを言いたい？　聞くのが怖い。たとえそれがどんな言葉であれ。

同窓会の会場に彼の姿が見あたらなかったら、私はほっとするだろう。だが、そのあとで、ひどく苦い思いを嚙《か》みしめることにもなるだろう。

ため息を何度も呑《の》み込んでいたら、次女の佳代子《かよこ》がリビングに入ってきた。

「なに読んでるの？」

珍しく自分から話しかけてくる。

「昔の卒業アルバムだよ」

「ふうん」

そっけなくうなずくと、そのままキッチンカウンターの中に入ってしまう。中学三年生。いわゆる「難しい年頃」に加えて、受験生でもある。

「同窓会によばれたんだ」

追いすがって、媚《こ》びるような言い方になってしまうのは、なぜだろう。

「あ、そう」

冷蔵庫からミネラルウォーターを取り出した佳代子は、ペットボトルから直接飲む。ボトルに口をつけるのは、ママはOK、おねえちゃんもOK、でもパパはだめ——「おねえちゃん」を「カヨちゃん」に置き換えれば、そっくりそのまま、長女の美保《みほ》子《こ》が五年前に言っていたことに重なる。

「パパにもお茶持ってきてくれ」

「……すーぐひとを使うんだから」

べつに喉《のど》が渇いているわけではないのだと、いくつになったらわかってくれるのだろう。美保子がそうだったように、大学に入って少し落ち着かないと無理なのだろうか。

それでも、私と口をきくどころか目も合わせなかった姉を見ていたせいか、美保子が中学三年生の頃に比べると、佳代子には多少なりとも父親への気づかいがある。〈パパ専用〉と書いたお茶のペットボトルを持ってくると、アルバムを覗《のぞ》き込んで「けっこう昔？」と訊いてきた。

「二十年前だ」

「じゃあ、おねえちゃん、生まれる寸前？」

「……そう、卒業式のちょっと前だよ、美保子が生まれたのは」

声が沈んだ。クラス写真のにんじんに、また目が行った。この子たちを教え、にんじんを嫌いつづけた一年間は、妻の奈美《なみ》の体に宿った小さな命がこの世に生まれ落ちてくるまでの一年間でもあった。

私はまだ父親ではなく、夫としても、奈美と結婚して二年しかたっていなかった。だから——と、まとめるつもりはない。だが、美保子が生まれたあとなら、あんなふうににんじんを嫌うことはなかっただろうな、とは思う。

「若いじゃん、パパ」

せ　ん　せ　い。

「まあな」

「二十年前とかだと、みんなのこと覚えてるの？」

「それは無理だよな。忘れてる子と覚えてる子が半々か……忘れてるほうが多いかな」

「やっぱり、おとなしい子ってすぐに忘れちゃう？」

「そういうものでもないんだ。目立つ子のほうが意外とあっさり忘れちゃうこともあるし、べつに思い出があるわけでもないのに、不思議と忘れない子もいるし」

　勉強でもスポーツでも、あるいはルックスでも、目立つ子は確かにいる。だが、毎年いろいろな子どもを見ていると、目立ち方というのはパターンが似ていることに気づく。だから意外と記憶に深く刻まれることはない。いま私が受け持っている五年生のクラスでいちばん野球がうまいのは山本《やまもと》くんだが、じゃあ三年前のクラスでいちばん野球がうまかった子は誰だったっけ、と振り返ってみると、すぐには名前も顔も浮かんでこない。山本くんのことも、私はきっと、数年もしないうちに忘れてしまうだろう。逆に、女子の中でも特に内気な清《し》水《みず》さんが休み時間の教室にぽつんと座っている姿が、何年かたって不意に、怖いぐらいあざやかによみがえってくるはずなのだ。

　にんじんは、どうだっただろう。もしも彼をあんなにも嫌っていなければ、私はすぐに忘れてしまっただろうか。それとも、折に触れて思いだす存在になっていただろうか。

「同窓会っていつあるの？」

「来年の二月」

「行くの？」

「いや……どうしようかな、って思ってて……」

分厚いアルバムを閉じる音で、ため息を紛らせた。

「どうせ日曜日でしょ？　行けばいいじゃん。で、行くのが決まったらすぐに教えて。パパのいない日にウチで勉強会をするって、友だちと約束してるから」

佳代子はそれだけ言うと、私のそばからさっと離れて、自分の部屋に戻っていった。まるで「本日の親子の会話のノルマ、完了」というようなしぐさだった。

なんだかなあ、と苦笑交じりに佳代子を見送った私は、またアルバムを開き、またにんじんを見つめた。苦笑いが消える。カメラに向き合ったにんじんのしょぼくれた顔が、悲しそうに見えた。どうして……とつぶやいているようにも見えた。

先生は、どうしてそんなに僕を嫌うんですか――？

私にもわからない。理由を並べあげられるようなものではない。ただ、むしょうに、いやだった。にんじんのことが嫌いで嫌いでしかたなかった。一人の教え子を顔も見たくないほど嫌い抜いたのは、後にも先にも、にんじんと過ごしたあの一年間だけだったのだ。

新年度のクラス担任を決める会議で、先輩の原《はら》先生に「二組は楽だよ」と言われた。確かにあのクラスのまとまりの良さは、五年生の頃から職員室でも評判だった。子どもたちだけではなく、親のほうもしっかりと学校に信頼を寄せ、任せるべきところは口出しせずに任せてくれるし、家庭がフォローすべきところはきちんと手を打ってくれる。

「風間《かざま》先生の最高傑作だったんですもんね」

原先生は、五年二組の担任だった風間先生を振り向いて声をかけた。ベテランの風間先生は、いやいやいや、と照れくさそうに笑って手を横に振り、「クラス分けの巡り合わせがよかっただけだよ」と言った。本来なら、六年生に進級しても風間先生が持ち上がりで二組を担任する。ところが、風間先生は隣の市の学校への転勤が決まり、去年は二年生のクラスを担任していた私が六年二組を受け持つことになったのだ。抜擢《ばってき》だった。原先生にも「五年目で六年生を担任するっていうのは、めったにないんだぞ」と言われた。「クドちゃんを推薦したのは風間先生なんだから、よーくお礼言っとけよ」

風間先生はまた照れ笑いを浮かべて、「やっぱり子どもたちには若い先生のほうがいいんだよ」と言った。「休み時間なんて、もう、おじいちゃんは子どもたちの遊びについていけないから」

あの頃、風間先生は五十代半ばだった。同年代の教師が次々に校長や教頭になってもかたくなに現場にこだわり、昇進試験もいっさい受けずに、最後まで一教師のままで定年を迎えた。尊敬すべき教師だった。あの頃もそう思っていたし、四十代も後半にさしかかったいまはいっそう、出世とは無縁に子どもたちと向き合いつづけた風間先生の姿をまぶしく感じる。

だが、原先生に「クドちゃんはラッキーだよ、クラスを一からつくらなくてもいいんだから」と言われ、「あとは、風間先生の遺産を卒業までいかに目減りさせずにやっていくかだよな」と冗談交じりに釘《くぎ》を刺されると、微妙な反発が胸に兆《きざ》した。

風間先生は「工藤くんのやりたいようにやってくれればいいんだよ」と笑って言ってくれたが、その一言も、なんだか「お手並み拝見」と挑発されているように感じられて、少しムッとした。気負っていた、というのは、そういう意味だ。

会議のあとは、風間先生からクラスの申し送りを受けた。三十一人の児童一人ひとりの性格や家庭環境や授業の理解度や配慮すべき事柄を、風間先生はことこまかに説明してくれた。

にんじんについての説明も、そのとき確かに受けたはずだが、記憶にはまったく残っていない。風間先生の話をメモしたクラス名簿も――ほかのほとんどの子どももそうだったのだが、にんじんの欄は空白だった。たぶん「算数がちょっと苦手かな」「仲がいいのは家が近所の中根《なかね》くんと、塾が一緒の野村《のむら》くんで、よく三人で鉄道の話をしてるよ」あたりの話しか聞かされなかったのだろう。

児童の申し送りがひととおり終わると、風間先生は少し口調をあらためてつづけた。

子どもたちと約束したことがある。

「工藤先生は、三十人三十一脚って知ってるかな。ほら、年末のテレビで全国大会をやってるだろ」

「ええ……」

その名のとおり、二人三脚の拡大版――三十人が横一列に並んで隣の子と足首を結び、いっせいに走る競技だ。小学生がクラス単位で参加する全国規模の大会も開かれ、地区予選を勝ち抜いたチームによる決勝大会はテレビでも高視聴率をあげていた。

「一月の学級活動で、ちょっとやってみたんだ。全然練習してないわけだから、転んでばっかりだったんだけど……みんな盛り上がっちゃって、六年生になったらもっと練習して、来年は大会に出ようっていう話になったんだ。悪いけど、それも引き継いでもらえるかな」

断る理由はなかった。もともと体を動かすことは私自身大好きだし、三十人三十一脚はクラスの一体感を高めるためにも効果的だとも思っていた。年末の全国大会をテレビで観《み》ていたときも、自分ならどう指導して、どんな作戦を立てるだろう、と考えていたのだ。

引き継ぎを約束すると、風間先生は「子どもたちも喜ぶよ」と言った。

「全国大会、狙《ねら》ってみましょうか」

冗談めかして言った。風間先生も、あはは、と笑い返した。本気ですよ。心の中で付け加えたが、風間先生にはもちろん伝わらなかった。

担任に指名された直後はただ張り切るだけですんでいたが、始業式が近づくにつれて、緊張がつのってきた。風間先生を慕っている二組の子どもたちは、私を担任として受け容《い》れてくれるだろうか。風間先生と比較されて、五年生の頃のほうがよかった、と思われないだろうか。

緊張が不安に変わる。いままでのように低学年を相手にするのとはわけが違う。六年生といえば、女子は初潮を迎える子も多い。体もそうだし、心も急におとなびてくる。男子も、女子よりは幼くても、確実に扱いづらくなってくる。修学旅行もある。中学受験をする子もいる。いじめだって、単純なからかいや乱暴のレベルを超えて、陰湿に、見えづらくなってくるだろう。学校に通う気力をなくしてしまう子や、自殺を考える子だって――いないとはかぎらない。

「最初からうまくやろうとしなくていいんだよ」と原先生は言う。「俺も六年の担任なんだし、なにかあったらみんなでフォローするから」と肩を叩《たた》いて笑う。

励ましてくれている。頭ではわかる。実際、教師は万能ではないのだし、足りないところや欠けているところがあって当然で、それをほかの教師と連携してお互いにカバーしていけばいい。理屈の筋道はきちんと通っている。

それでも、先輩の教師に励まされれば励まされるほど、自分の頼りなさをあげつらわれている気がしてしかたなかった。「なんでも相談に乗るから」と言われると、意地でもその言葉に甘えたくないと思ってしまう。「風間さんは風間さん、工藤は工藤なんだから」という一言に、最初から負けを宣告されたような屈辱を感じてしまう。

不安がいらだちに変わり、誰にもぶつけることのできないいらだちは結局自分を追い詰めるだけで、春休みの間はずっと体調が悪かった。

六年二組の教室に初めて入ったときの私は、だから、ぴりぴりと張り詰めた顔をしていた。子どもたちにもあとで「先生って、最初はもっと怖いのかと思ってた」と言われた。「全然違ってただろ?」と私が笑って訊《き》いて、「うん、そうだったね」と子どもたちも笑ってうなずく——そんなやり取りができるようになったのは、五月か六月頃のことだ。

とにかく、始業式の日の私はひどく緊張して、不安を抱いていた。教卓から教室を見渡すまなざしにも、子どもたちを包み込む余裕などはなかった。

私語が多い。座る姿勢が悪い。全員そろってこっちを見てくれない。風間先生がいなくなってしまったのをみんな寂しがっているような気がする。代わりに担任になったのが私だと知って、がっかりしているようにも見える。

ぜんぶ思い過ごしだ。いまならわかる。ほんとうにしょうがないなあ、と若い教師の心の弱さにあきれてしまう。だが、教室に入ると教師は一人だ。誰の指図や監視も受けない代わりに、誰に頼るわけにもいかない。新米教師だろうとベテランだろうと、それは同じだ。がんばれ。自分を励ますのは自分しかいない。しっかりしろ。自分を叱《しか》りつけるのも、やはり自分自身だけだ。

「はい、じゃあ、おしゃべりやめて、こっち向いて」

教室は少し静かになった。だが、まだぼそぼそと話し声が聞こえる。押し殺したような笑い声も漏れていた。

どこだ——。

誰だ——。

顔を上げると、後ろのほうの席の男子が目に留まった。しゃべっていたのは、この子だ。私の視線に気づくとあわてて居住まいを正し、にやにや笑った。

いやな笑い方だ、と思った。こっちの顔色を探るような目つきも気に入らない。いや、どこがどう、というのではなく、その子のたたずまいすべてに、ムッとするものを感じた。

「おい、そこ！」

思わず声を荒らげた。「いつまでしゃべってるんだ！」とにらみつけると、その子は顔を真っ赤にして首を縮め、教室はしんと静まりかえった。厳しく叱りすぎた。すぐに悔やんだが、逆にそれで気持ちが落ち着いた。

「……なーんて、怖い怒り方しちゃうと、みんなが困っちゃうだろ？」

おどけて言うと、子どもたちもほっとして笑った。まだ笑顔はぎごちなかったが、「先生もいま、自分でも怖かったなあ」と大げさに胸を撫《な》で下ろしながらつづけると、笑い声もあがった。叱られた本人も笑った。ヤバかったあ、と隣の子に目配せして、私と目が合うと、また、にやっと頬をゆるめた。やはり、いやな笑い方だった。緊張がほぐれたぶんよけいうっとうしいものを感じて、私は彼から顔をそむけ、その後はチャイムが鳴るまで一度も目を向けなかった。

それが、にんじんと私との出会いだった。

あのとき、にんじんはほんとうに「にやにや」笑っていたのだろうか。じつは「にっこり」笑っていたのを、私が勝手に悪い感触で受け止めてしまっただけではないのか。いまとなっては、もうわからない。ただ、私は最初に目が合った瞬間に彼のことが嫌いになり、卒業して別れるまで、その印象が変わることはなかった。事実として残っているのは、それだけだった。

2

少しずつ六年生との付き合いに慣れてきた。彼らは、おとなの手前にいる子どもだった。小学校では最上級生で、一年生とは倍も年齢が違うのだ。子ども扱いしてほしくないというプライドがある。それを尊重してちょっと一人前に扱うだけで、こっちが驚くほど素直に喜ぶ。そのコツを覚えてしまうと、逆に一年生や二年生に猫なで声で話しかけるより楽なところもある。

なにより、授業やクラス運営を始めてみると、六年二組はほんとうに扱いやすいクラスだった。勉強やスポーツがずば抜けている子はいなかったが、そのぶん全体のまとまりがある。ひねくれていたり、ひとの揚げ足を取ったりするような子もいないし、一部の「できる」子が勝手にどんどん先走るのではなく、むしろ「できない」子を待ち、応援もして、みんなで一緒にがんばろうと励まし合う――風間先生の人柄がそのまま遺産になって子どもたちに伝わっているようだった。

クラスには、五年生の頃からの合言葉があった。「ユウ、キョウ、ダン！」――「友情、協力、団結」を縮めて、かけ声のように、ことあるごとに元気いっぱいに口にする。これも風間先生の遺産だった。五年生の頃は、毎日『朝の会』の終わりに日直の号令で唱和していたのだという。六年生になってからもその習慣はつづいた。私が許可するもしないも、二組の子どもたちにとって、それはもう、ごくあたりまえの日課になっているのだ。

誰かが算数の授業で当てられて答えに詰まってしまうと、教室のあちこちから「ユウ、キョウ、ダン！」の声があがる。だいじょうぶ、みんながついてるから、と励まして、まわりの子がわからないところを教えていく。それが風間先生の授業の流儀だった。放課後に教室の掃除をするときも、掃除当番が集まって分担を決めて、「ユウ、キョウ、ダン！」と声をそろえる。さぼっている子がいると別の子が「ユウ、キョウ、ダン！」と注意して、水の入った重たいバケツを一人で提げている子が助けを求めて「ユウ、キョウ、ダン！」と声をかけると、手の空いている子がすぐに駆け寄って手伝う。風間先生は一年かけて、それを子どもたちに仕込んでいたのだ。

六年二組とは、そういうクラスだった。

ユウ、キョウ、ダン！

ユウ、キョウ、ダン！

最初のうちは「アニメのヒーローが変身するときの合言葉みたいだなあ」と笑って聞いていた。私の言葉に応《こた》えて、変身のポーズめいたしぐさをして「ユウ、キョウ、ダーン！」と声を張り上げる男子もいた。

だが、しだいにそれが耳につくようになってきた。

ユウ、キョウ、ダン！

ユウ、キョウ、ダン！

友情も協力も団結も、私は嫌いではない。教師として、子どもたちにしっかりと伝えるべき大切なことだとも思っている。しかし、その大切なことをあまりにもてらいなく口にされると、なんとも言えない苦いものも感じてしまう。

声変わりの始まりかけた男子の声が、特に耳にさわる。声が低く嗄《しわが》れてきて、おとなに近づいたぶん、屈託のないはずの「ユウ、キョウ、ダン！」が妙にねばついて聞こえてしまう。

にんじん。

おまえの声のことだ。教室や廊下やベランダのどこからか、おまえの「ユウ、キョウ、ダン！」が聞こえてくるたびに、私は耳の奥をかきむしられるような気分になっていた。

にんじん。

私はおまえの声が嫌いだった。おまえの顔が嫌いだった。おまえは背が高かったので、おそらく体がおとなになっていくのも早かったのだろう。おまえの鼻の下には、うぶ毛のようにやわらかな髭《ひげ》の影ができていた。頬や額にはニキビもあった。顔をていねいに洗わず、外遊びで汚れた指でさわるので、ニキビはしょっちゅう白く膿《う》んでいた。なにかの拍子にほんのちょっと押さえただけで、つぶれて膿《うみ》が飛び散りそうだった。

たとえ新しいシャツを着ていても、散髪したばかりでも、私の目に映るおまえはいつもくすんでいた。にやにやと笑う口から吐き出される息の、うっすらとした濁りまで見えるような気がした。なまぐさくて金物くさい息を――実際にそうしたわけではないのに、私は確かに嗅《か》いでいた。鼻の奥がひくつき、顔がゆがんで、むかっとする吐き気を感じることさえ、あったのだ。

「『仕込んだ』って……そういう言い方は、ちょっとどうなんだろうな」

原先生に苦笑交じりに言われた。五月の終わり――修学旅行の打ち上げで、六年生の担任が集まって酒を飲んだときのことだ。

「いや、でも、実際あれはもう立派な芸ですよ、仕込んだんですよ、風間先生が」少し酔っていた。原先生が鼻白んで「そりゃあまあ、そうかもしれないけどな」と顔をしかめてからも、「すごい芸です、もう、まいっちゃいますよ」としつこく繰り返した。

修学旅行はなんのトラブルもなく終わった。六年生の担任としては、一つ大きなヤマを越えたことになる。その解放感に加えて、旅行中に心にひっかかっていた出来事が、酒の酔いと一緒に頭の中をめぐりはじめていた。

二組の子どもたちは、おこづかいを少しずつ出し合って、風間先生におみやげを買った。おみやげ選びを任された男子と女子の数人がホテルの売店でなにを買うか迷っているところに、たまたま通りかかった。話し声に「風間先生」という言葉が交じっているのに気づいて声をかけると、子どもたちは決まり悪そうにうつむいてしまった。けろっとした顔で教えてくれていたら、それですんでいたはずなのだ。「風間先生、感動して泣いちゃうかもしれないぞ」ぐらいのことは笑って言ってやれたはずなのだ。だが、彼らはなかなか打ち明けようとはしなかった。しかたなく話すときにも、みんな申し訳なさそうな顔になっていた。

優しいじゃないか、クドちゃんに気をつかってくれたんだよ、と原先生は言うだろう。私にもそれはわかっていた。わかっていたからこそ、むしょうに腹立たしかった。

にんじん。

その場には、おまえもいた。おまえは仲間の誰よりも申し訳なさそうな、まるで悪いことが見つかってしまったような顔でうつむいていた。

私はそんなおまえから目をそらし、顔をそむけて、「大事なプレゼントなんだから、よーく考えて決めなきゃな」と、おまえ以外のみんなに言った。うまく笑えた、と思う。私がぷいと顔をそむけたことにおまえも気づいていたはずだから——私は機嫌を直すことができたのだ。

「風間先生って、そんなにいい先生なんですかねえ」

私は原先生に言った。声が揺れ、体も揺れる。飲み過ぎだ。「なんだよ、急に」と聞き返す原先生の顔が辟易《へきえき》しているのがわかる。だが、顔を覗《のぞ》かせた本音を、もう隠すことはできなかった。

「僕には、どうもねえ、ちょっと甘すぎるんじゃないかっていう気がするんですけど……」

「甘いって、子どもたちにか？」

「そうじゃなくて、なんていうか……世の中とか人間の見方が甘いんじゃないかって思うんですよ。友情とか、協力とか、団結とか、低学年の子に教えるんだったらアレですけど、高学年には甘すぎるんじゃないですか？　理想は大切ですけど、現実はもっと厳しいでしょう」

違いますか、と訊くと、原先生は不承不承うなずいた。ほんとうは面倒くさくなって、いなしただけだったのかもしれない。だが、私はそれで勢い込んで、さらにつづけた。

「人間には、もっといやな感情だってありますよ。ずるいところや残酷なところ、たくさんありますよ」

私に顔をそむけられたにんじんは、悲しんだだろうか。どうして自分だけ、と傷ついてしまっただろうか。売店を立ち去るときには確かめられなかった。私にだって申し訳なさはないわけではなかった。だが、翌朝、なにごともなかったかのような顔で友だちとおしゃべりしながら朝食をとっているにんじんを見ると、また胸がむかむかしてきた。目が合った。私はにんじんの視線を手元に引き寄せてから、ぽいと放り捨てるように、そっぽを向いた。気づいたはずだ。私に嫌われているんだと、もう察しただろうか。いや、それとも、もっと前からうすうす感じていただろうか。

「ねえ、そうじゃないですか？　人間って、ほんとうはもっといやなものでしょう？」

「……クドちゃん、飲み過ぎだよ、もうやめろ」

「風間先生って、そこをごまかしてるんですよ、きれいごとしか教えてないんですよ」

「もうやめろって、いいかげんにしろよ」

「僕は風間先生のこと嫌いだなあ、あのひとは子どもをロボットにしてるだけですよ、六年二組は善意のロボットのクラスなんですよ」

勝手にしろ、と原先生が怒って席を移ってしまったあとも、私は一人で酒を飲みつづけ、一人でぶつぶつ言いつづけた。

風間先生には、きっと、教師が一人の子をなんの理由もなく嫌い抜いてしまうことなど想像もできないだろう。だが、教師だって人間だ。人間には好き嫌いの感情がある。気に入っている子どもがいれば、そうでない子どももいる。それはもう、人間同士が生きているかぎり、どうしようもないことではないのか……。

その夜は、日付が変わった頃に帰宅した。家では妻の奈美がベッドに入らずに私の帰りを待ってくれていた。報告することがあったのだ。

私たちに子どもができた。来年の一月に生まれてくる。私は酔いが吹き飛ぶほど驚いて、もう一度酒を飲み直したくなるほど喜んだ。翌朝はひどい二日酔いだったが、学校に向かう足取りは軽かった。誰彼なしに「おはよう!」と声をかけたい気分だった。

にんじん。

もしも私たちに和解のチャンスがあったとすれば、その朝だったのだろう。だが、おまえは一時間目の図工の授業で使う彫刻刀を忘れた。前の日にあれほどキツく「ぜーったいに忘れちゃだめだぞ」と念を押しておいたのに、クラスでただ一人、持ってくるのを忘れてしまったのだ。

ふだんからそうだったわけではない。むしろにんじんは忘れ物の少ない子だった。だから、よけい腹が立った。せっかくの上機嫌に水を差されてしまった私は、にんじんを教壇に呼んで叱《しか》った。しょんぼりとして立つおまえの姿を見て、やっぱり俺はこの子が嫌いだ、とあらためて思った。

席に戻ったにんじんに、まわりの席の子はいつものように「ユウ、キョウ、ダン！」と口々に声をかけた。彫刻刀は刃の形が違う五本がセットになっているので、それぞれ自分の使っていない彫刻刀を順番におまえに貸そうとしていた。

「そんなことしなくていい」

私は言った。「忘れ物をしたのは自分の責任なんだから、みんなが貸すと反省にならないだろう」とつづけ、「甘やかすのは、友情でも協力でも団結でもないんだぞ」と付け加えた。

教室はしんとしてしまい、にんじんは顔を真っ赤にして泣きだしそうになった。

私は黙って、自分の彫刻刀をにんじんの席に置いてやった。教師としてやらなければならないこと、やってはならないことのわきまえは、ちゃんとできているつもりだった。にんじんのことが嫌いだからといって、体罰はしない。成績を不当に下げたりもしない。ただ、好きになることはない。か細い声で「ありがとうございます……」と礼を言うにんじんに、私は聞こえなかったふりをしてなにも応えず、教壇に戻った。

にんじん、おまえはあのとき私に無視されて悲しかったか？

だが、お礼やお詫《わ》びを言うときには、きちんと相手に聞こえるように言わなければだめなんだ。悪いのは小さな声で言ったおまえのほうだ。反省して、今度からは大きな声で言うようにすればいい。

私は教師として間違ったことはしていない。

せ　ん　せ　い。

3

三十人三十一脚のことは、子どもたちからは切り出してこなかった。てっきり熱が冷めてしまったのだろうと思い込んでいたら、そうではなかった。子どもたちは子どもたちで、風間先生が異動したので三十人三十一脚の話もなくなってしまった、と決めつけていたのだ。

それを知ったのは七月だった。地区予選は十月——時間はもうほとんど残されていない。

「どうする？」

教卓のまわりに集まった男子に訊《き》いてみた。こういうときは、誰が呼びかけるわけではなくても、不思議なくらいみごとにクラスのリーダー格の連中が顔をそろえるものだ。ましてや、ここは「ユウ、キョウ、ダン！」の六年二組なのだ。

「もし、いまからでもやってみたいんだったら、学級会で提案してみろよ」

「うん……」

子どもたちは迷い顔を見合わせた。その中に、にんじんもいた。友だちが集まっているのを見て、ふらふらと寄ってきたのだ。

おまえがいたってしょうがないだろう。言ってやりたかった。おまえには物事を決める力はない。クラスの仲間を「こうしようぜ」と引っぱっていけるような子どもではないのだ、おまえは。

「でも、本気で練習するんだったらけっこう大変だよなあ」

誰かが言った。「体育館使わせてもらえるのか？」と別の誰かも言った。にんじんは、二人の言葉にいちいち大きくうなずいていた。「どうする？　やるんだったら、いまから練習しないと間に合わないぞ」と三人目の誰かが言うと、にんじんは、うーん、困ったなあ、という顔になって腕組みをした。そのしぐさが気にくわない。表情が癇《かん》にさわる。やることなすこと、とにかくすべてが、いやだ。

話は、しだいに、やめようかという流れになってきた。実際、二学期は運動会や学芸会もあるし、受験をする子にとっては追い込みの時期だ。

さすがにもう無理だろう、と私も思っていた。大会に出場するのなら、私がチームの監督ということになる。校長の許可も得なければならないし、保護者にも説明して協力してもらわなければならない。練習にも時間をとられる。放課後はもちろん、土曜日や日曜日に集まることもあるだろう。

本音を言えば、勘弁してほしかった。その頃、奈美は長く重かったつわりをようやく脱したばかりだった。妊娠は安定期に入ったが、体調はなかなか元に戻らず、主治医からは妊娠高血圧症候群、あの頃の呼び名では妊娠中毒症の恐れもあると診断された。家事はおろか、食事や睡眠すら満足にとれない。げっそりと頬がやつれ、それでいて脚はぶよぶよにむくんで、精神的にも不安定になっていた奈美のことを思うと、仕事の負担は少しでも軽くしておきたかった。

じゃあ、やっぱりやめようか、と私が話をまとめればそれで終わっていたはずだし、みんなも私のその言葉を待っているようにも見えた。

ところが、集まった中でいちばんやりたがっていた子が、「あーあ、でも、五年生のときの記録抜きたかったよなあ」と悔しそうに言った。

五年二組の記録――それは、風間先生の思い出でもある。

「そんなの勝つに決まってるじゃん、一年たってるんだから」とみんなが笑うと、その子は意地を張って「でも、わかんないぜ」と言い返した。「今年は風間先生がいないんだし、ヤバいかもよ」

一瞬、みんな黙り込んだ。言った本人もすぐにハッとして、こういうところが子どもなのだが、私をおそるおそる上目づかいで見て、目が合う前にうつむいてしまった。

黙っていてはいけない。みんなが困ってしまう。怒りだしても、もちろんいけない。どんな表情を浮かべてなにを言えばいいのか、あわてて考えをめぐらせていたら、にんじんが口を開いた。

「だいじょうぶだよ、工藤先生でも」

でも――と、おまえは言ったのだ。子どものくせに。体育が苦手で足も遅いくせに。にんじんのくせに。私と風間先生を比べ、私のほうを下に見たのだ、おまえは。

あははっ、と私は声をあげて笑った。笑顔も、笑い声も、つづけた言葉も、自分でもびっくりするほどなめらかに出た。

「やっぱり、忙しいけどがんばってやってみるか。五年生のときに一度やってるんだから、すぐに速くなるよ。先生も監督でがんばるから、みんなもやってみたらいいんじゃないか？　全国大会に出場するとかしないとかじゃなくて、みんなで力を合わせて、いままでの自分たちの記録を塗り替えていくことって、すごく大事なことだぞ」

最初は困惑していた子どもたちも、「やってみよう」とうながすと、少しずつその気になってきた。

「みんなで六年二組の記録をつくってみろよ」――それは、子どもたちにとって、私という担任教師の思い出にもなるはずなのだ。

にんじんは隣の子に、やろうぜ、というふうに目配せした。張り切っている。三十人三十一脚を熱心にやりたがっていたというより、せっかく工藤先生が言ってくれてるんだから、と私に気をつかったのだ。さっきの言葉にも悪気はなかった。むしろ私をかばって、応援するつもりで、そう言ったのだ。私にはちゃんとわかっていた。

「じゃあ、次の学級会で話し合ってみろよ。ほかの男子や女子の意見も聞いて、できる範囲でやってみればいいんだよ」

にんじん以外のみんなを見回して言った。「はーい」と応《こた》える声の中には、にんじんの声もあった。私は振り向かない。「よし、じゃあ、かいさーん」と、にんじん以外のみんなに声をかける。

にんじんもみんなと一緒に私から遠ざかっていく。友だちに笑って声をかけ、がんばろうぜ、とガッツポーズをつくって、ちらりと私を見る。私はにんじんの隣にいる友だちの名前を呼んで「算数の宿題、今日は忘れてないか？」と声をかける。その子が「やってきましたーっ」と答えると、そうかそうか、と笑ってうなずいて、あとはもう遠くを見て、二人には目を向けなかった。

私はあの日集まっていた男子のことを、誰の名前も覚えていない。顔の記憶だってあやふやだ。覚えているのは、にんじん、おまえだけだ。

後悔するだろう、と思っていた。あとになってから、私は自分のしてきたことを振り返って、頭を壁に打ちつけたくなるほどのいたたまれなさに襲われるだろう。哀れな少年の出てくる夢にうなされ、真夜中に汗をぐっしょりかいて起きることもあるだろう。わかっていたのだ。私はいつか、自分自身の記憶に罰せられてしまう。それをちゃんとわかっていて、舌の裏にスプーンを押し当てたような、苦みともえぐみともつかないものをずっと味わいながら、おまえを嫌いつづけた。

楽しくはなかった。愉快だからおまえに冷たくしていたわけではなかった。おまえが必要だった。おまえがクラスにいることで、私は元気でにこやかな若い担任教師でいられた。風間先生の「ユウ、キョウ、ダン！」の遺産を受け継ぐことができた。おまえがいなければ、私は六年二組の教室に満ちた素直な善意に押しつぶされていたかもしれない。おまえは生《い》け贄《にえ》だった。私がどうしようもなく持ってしまっている悪意にむさぼられるために、おまえは教室にいたのだ。

4

その週の学級会で、三十人三十一脚の大会にエントリーすることが正式に決まった。私はさっそく校長や他のクラスの教師に報告し、保護者にもプリントを配って、練習の態勢を整えた。夏休み中のグラウンドや体育館の使用許可もとらなければならないし、脚を結ぶ紐《ひも》も、五年生のときのようなありあわせのものですませるわけにはいかない。

「クドちゃん、張り切ってるなあ」

原先生に声をかけられ、「風間先生の遺産を育てなきゃ、もったいないですもんね」と笑って返した。原先生は意外そうに、うれしそうに「そう、そう、うん、それでいいんだよ」と言った。「去年の担任と張り合ったってしょうがないんだから」ですね、と私は笑顔のままうなずいて、バインダーに挟んだ練習スケジュール表の一番上に、突破目標タイムを書き込んだ。

十三秒五六——それが、風間先生時代のベストタイムだった。

三日もあれば軽く超えてやる。数字を見つめて、唇を結んだ。


確かに五十メートルを十三秒以上かかるというのは、記録としては最低ランクに近い。地区大会の事務局に問い合わせると、去年の優勝チームの記録は九秒台だった。それでも全国大会ではベスト3にも残れなかったのだという。もちろん、こっちは全国大会などはなから考えていない。狙《ねら》うのはクラス記録の更新で、五年生と六年生の体力差を考えると、それは簡単に達成できるはずだった。

ところが、その目論見《もくろみ》は、練習初日ではずれてしまった。二時間近くかけても、一度も転ばずに完走したのはゼロ——タイムを計るどころではなかった。クラス全員三十一人が足並みをそろえて走るというのは、想像していた以上に難しい。

もっとも、子どもたちのほうはケロッとしたものだった。「去年も最初はこんな感じだったから、だいじょうぶだよ」「全然走れなかったもんな」と懐《なつ》かしそうに笑って、「ここからどんな特訓したっけ？」「走らずに呼吸を合わせる練習したんだ」「あったあった、そうそうそう」「ほら、合唱の指揮みたいに風間先生が手を振って、ウチらがそれに合わせたんだよね」「吸って吐いて、吸って吐いて、ってやつでしょ？覚えてるーっ」と思い出話を始め、「今年もそれ、やろうか」と言いだした。

「工藤先生も呼吸の練習するんですかぁ？」

女子に訊かれて、私は首を横に振った。

「別の練習をしよう」

「えーっ、どんなぁ？」

「足の動かし方の練習だ。最初は歩いて、右、左、右、左、って同じリズムで足を出せるように練習すれば、途中で転んだりしないから」

「あ、それ、風間先生のときもやりましたーっ」「そうそう、それをやってから、急にタイムが上がってきたんだよね」「懐かしいーっ」

「……その前に、肩の組み方の練習をしなきゃな」

なにをやっているのだろう。なにを言っているのだろう。自分でも滑稽《こっけい》で、情けなかった。

　とっさの思いつきで言った肩の組み方の練習を、みんなから「どうやるんですかあ?」「いまからやろうよ」とうながされ、逃げるように目を泳がせて、にんじんの姿を探した。

　にんじんは後ろのほうで友だちとふざけて小突き合っていた。

「こら! そこ! まじめにやれ!」

　怒鳴りつけた。ほかに騒いでいる子はいくらでもいたのに、にんじんだけを、私は叱《しか》った。急に怒りだした私の剣幕に驚いて、そばにいた女子がさっと一歩退いたので、私と子どもたちとの間に隙間《すきま》ができた。なんということのない距離だったはずなのに、うろたえて、あせった。「こういうのは一人のミスがみんなに響くんだ、一人でも気を抜いてるとみんなが迷惑するんだから、責任重大なんだぞ、一人ひとりが全員主役なんだからな」――早口に言う声がどんどんうわずっていくのが、自分でもわかった。

　練習を重ねるにつれて、六年二組の三十人三十一脚は少しずつさまになってきた。夏休みの間は完走すらおぼつかなかったが、九月に入ると途中で転んでしまうことはほとんどなくなった。

だが、タイムが伸びない。九月の半ばを過ぎても、十四秒台と十五秒台の間を行ったり来たりというレベルだった。走る姿をビデオに撮って確認すると、時間がかかる理由は明らかだった。速い子と遅い子の間に差があって、速い子のほうが遅い子のペースに合わせて足の動かし方を加減している。五年生と六年生を比べると、体力は確実に六年生のほうがまさっている。しかし、そのぶん一人ひとりの差も広がってしまうのだと気づいた。勉強と同じだ。できる子はどんどん先に進んでいくし、できない子はいつまでも同じ場所にとどまって、差は開く一方だった。いつまでもみんな一緒ではいられない。六年二組の子どもたちは「ユウ、キョウ、ダン!」が通用する時期を過ぎてしまったのだ。

足の遅い子を重点的にコーチした。速い子には「遠慮しなくていいから、もっと全力疾走しなきゃ」とハッパをかけた。特に足の運びがぎごちない数人には、放課後の居残り練習もさせた。にんじんも居残り組の一人だった。ひょろひょろとした脚の長さを持て余して、何度言っても、後半になると歩幅が乱れてしまうのだ。不器用で勘が悪い。前傾姿勢をとれと口を酸《す》っぱくして言っているのに、いつも途中で左右を気にして体が起きてしまい、両隣の子の姿勢までくずしてしまう。腹が立ってしかたない。本人には体を起こしているつもりはないらしい。それがまた私をいらだたせる。

私に叱られ、何度もやり直しを命じられたあげく、やっと「よし、それでいいんだ、いまのを忘れるなよ」と合格したあとに浮かべる顔は、ほっとして喜んでいるだけではなく、悲しさや寂しさもにじんでいた。あいつはもともとそういうしょぼくれた顔なんだ。自分に言い聞かせていた。できの悪い子を厳しく指導するのは当然なんだ。無理に納得させていた。

九月の終わりに、ようやくタイムが十三秒台に入った。だが、まだ五年生の頃の記録には届かない。子どもたちもしだいに、六年生になったのにどうして去年より遅いんだろうと、もどかしさを感じるようになっていた。誰かがいつか「風間先生の教え方のほうがうまかったからじゃないの？」と言いだして、みんなも「そうかも」とうなずくのではないかと思うと、いてもたってもいられない。

家では奈美の体調も思わしくなかった。高血圧とむくみは妊娠の後期にさしかかっても改善されず、尿にタンパクもあらわれた。このまま数値が下がらなければ入院したほうがいい、と主治医に言われ、症状の悪化で母子ともに危険な状態になってしまう恐れも説明された。

私は追い詰められていた。誰に――？　なにに――？　名付けようのないなにものかにじりじりと迫られ、逃げ道をなくして、眠りが浅くなり、胃薬が手放せなくなっていた。

十月に入って十三秒六二の記録が出た。子どもたちも大喜びした。ところが、意気込んで臨んだ翌日の練習では十四秒台に落ちてしまった。あと少し、あと、ほんのわずかのところまで来ていながら、記録が安定しない。

どうすればいいんだろうと職員室で思い悩み、書棚にあった大会の募集要項をなにげなく手にとって開いた、その直後——胸が、どくん、と高鳴った。大会のルールでは走者は「三十人以上」だった。六年二組は三十一人なので、一人減らせる。いちばん足の遅い子を選手からはずせば、多少なりとも記録は上がるかもしれない。いや、上がるはずだ。上がってくれなければ困る。

居残り組の数人の顔を順に思い浮かべた。公平に選べ。平等に比べろ。自分にきつく命じていたが、選手を一人減らせるんだと知った時点で、ほんとうはもう、答えは決まっていたのだろう。

ルールで認められているんだから、と子どもたちに説明した。三十人で走ればいいのなら、わざわざ一人増やして不利になることはない。そうだろう？　大会に出場するからにはベストを尽くさなければならない。同級生全員で走ることにこだわってべストを尽くさないのは本末転倒だ。そうだろう？　風間先生は確かに全員で走らせたかもしれないが、今年は大会にも出場するんだから、去年とは事情が違う。そうだろう？　みんなそろって参加することだけが「ユウ、キョウ、ダン！」ではない。せっかく練習してきたんだから、少しでもいい記録を出すために応援に回ることも大切な「協力」だし、選手も補欠も心を一つにして記録に挑むことも立派な「団結」だし、補欠は選手を一所懸命応援して、選手は補欠のぶんも必死にがんばることこそが「友情」なんだ。そうだろう？　そうだろう？　そうだろう？

にんじん、おまえは足首を結んでいた紐をほどいた。みんなから少し離れたスタートラインに立って身がまえ、みんなと同じ「よーい、どん！」で走りだした。たった一人で走って、たった一人でゴールに駆け込んだ。みんなより早くゴールしたおまえの姿を、私は見なかった。私の手のストップウォッチは、おまえのいない六年二組の記録を計るためにあった。

十四秒〇二――。

記録はちっとも伸びていなかった。

私はデジタル表示の数字から目をそらし、ボタンを押して数字をゼロに戻してから、倒れ込んでゴールしたみんなに声をかけた。

「十三秒四八、新記録達成！」

歓声があがる。顔をくしゃくしゃにして抱き合ったりハイタッチを交わしたりする子どもたちの中に、にんじん、おまえもいた。うれしそうに笑っていた。

ゆるしてくれ、にんじん――。

5

家を出て駅に向かう途中で、友だちを家に案内する佳代子とすれ違った。ちらりと目を見交わしただけで、お互いに声はかけない。外では知らん顔、特に友だちの前では絶対に話しかけない、というのが私たちの――というより、佳代子が一方的に、姉の美保子から引き継いで決めたルールだった。

それでも、佳代子は美保子ほどには父親との折り合いは悪くない。すれ違ったあとで振り向いて、じゃあね、というふうに小さく手を挙げた。私も、ああ、行ってくる、とうなずいて応える。ほんのそれだけのやり取りで気持ちが温《ぬく》もってしまうことが、自分でも少し情けないけれど。

思春期の娘は、なぜこんなにも父親を疎《うと》んじるのか。同じ娘でも、姉と妹で微妙に父親に対する距離が違うのはなぜだろう。私自身もそうだ。親にとって子どもはみんな同じように可愛《かわい》いんだという建前はあっても、本音では——たとえば歳《とし》をとって世話になるのなら、美保子より佳代子のほうかな、と思っている。相性というやつなのだろうか。ひとの好き嫌いとは、理屈でもきれいごとでも割り切れず、どうしようもなく心の奥にひそんでしまうものなのだろうか。

にんじん、おまえは今日の同窓会に来るのか。

私は迷ったすえ、いま、おまえに会いに同窓会の会場へ向かっている。十一月に届いた案内状の返信ハガキを出したのは、年明けだった。〈出席〉を丸印で囲んだあとも、ハガキをポストに投函《とうかん》してからも、迷いやためらいは消えなかった。今日になっても、まだそれは残っている。駅までの徒歩十分足らずの道のりで何度も立ち止まり、駅のホームでは電車を何本もやり過ごした。

にんじん、おまえのいない六年二組の三十人三十一脚は、結局あの日のいつわりの新記録を塗り替えることができなかった。大会の本番では緊張のせいもあって、十五秒台の記録にとどまった。だが、もしかしたら、一人で走ったおまえだけは自己記録を更新したかもしれない。そうであってほしい。おまえがそれを望んでいたかどうかはともかくとしても。

私は風間先生に負けた。五年二組に負けた。大会に出場したほとんどのチームに負けた。

だが、私がほんとうに負けてしまった相手は——。

おまえも三十二歳のおとなになったのなら、もう、言わなくてもわかるだろう。

妊娠中の苦労や心配の総仕上げをするように、美保子はひどい難産で産まれてきた。三学期が始まり、そろそろ卒業式の練習が始まる頃だった。一時は「母体の安全をとるか、赤ん坊の命をとるか」の選択まで迫られたすえに、美保子はか細い産声《うぶごえ》とともに産まれた。

分娩室《ぶんべんしつ》で対面した。ヘソの緒がついたままの我が子を抱いて、まだ目が開いていない顔をじっと見つめ、私はぽろぽろと涙を流したのだ。にんじん、おまえのことを思って泣いたのだ。

まだ名前も付いていない我が子に、幸せになってほしい、と願った。幸せにしてやりたい、と誓った。

愛されてほしい。この世界のすべてが、この子のことを愛してほしい。ひとよりまさったところなど、なにもなくてもかまわない。ただ、憎しみや恨みを誰からもぶつけられることのないように。決してひとりぼっちになってしまうことのないように。生きることは楽しいことだと思いつづけていられるように。ひとに嘲《あざけ》られたり、冷ややかにあしらわれたり、見放されたりしないように。好きなひとが一人でも多くいて、一人でも多くのひとに好きになってもらえる、そんな人生をどうか歩んでほしい、と目をつぶって我が子を胸に抱き寄せ、心から祈った。

そして、にんじん、私は初めておまえに、すまない、と思ったのだ。自分がおまえにやってきたことのすべてが、一つずつを取り出してたどることができないほどいっぺんに、波のように私を襲い、押し流していった。気がつくと泣いていた。小学六年生のおまえのために泣いたのだ。産まれてきた我が子に私と同じことを願い、祈ったはずの、おまえの両親のために泣いたのだ。祝福に包まれてこの世界に生まれ出て、まだ世界のなにものにも憎まれたり嫌われたりしていない、まっさらで、つややかで、小さく、か弱い、生まれたてのおまえのために、泣いたのだ。

風間先生はおととし亡《な》くなった。私はそれをあとで知っただけだったが、葬儀に参列した同僚の話だと、定年退職して十年以上もたっているとは思えないほどたくさんの参列者に見送られたのだという。

いまは別の学校の校長になった原先生は、定年を数年後に控え、教員生活の思い出の記を自費出版すべく原稿を書きためている。ときどき私のもとにも「あれはどうだったんだっけ」と問い合わせの電話が来て、しばらく昔話をする。初めて私が六年生を担任したあの年の話題になることもある。「クドちゃんも若くて熱血だったよなあ」

――私はいつも苦笑いを返すだけだ。

私はあれから学校をいくつか変わり、何百人もの子どもたちを教えてきた。いまは五年生のクラス担任だ。風間先生のように子どもたちの善意をてらいなく打ち出すことには、いくつになってもやはり微妙な抵抗があるが、あの頃より少しはましな教師になっているんじゃないか、とは思っている。おまえのことは忘れていない。これからも忘れないだろう。子どもたちと同じように、教師だって一年ずつ成長していく。それを、詭弁《きべん》や言い訳だと、おまえは切り捨ててしまうだろうか。

遅刻した。地下鉄であと一駅のところまで来て電車を降りて、ホームのベンチにしばらく座っていたせいだ。にんじんと再会することだけでなく、六年二組の全員に会うのが急に怖くなった。

私はひどい教師だった。美保子を抱いて涙を流したあとも、同じ涙を教室の子どもたちの前で見せることはなかった。にんじんに謝ることもできなかったし、三十人三十一脚のいつわりの新記録のことも打ち明けられずじまいだった。

そんな私を、みんなは「先生、先生」と慕ってくれた。風間先生と比べてどうこうは、もう問わない。とにかく六年二組のみんなは、私を最後まで信じていた。卒業式ではみんな笑顔だった。にんじんも友だちとサイン帳を回しながら、にこにこと――そう、「にやにや」ではなく、確かに「にこにこ」と笑っていた。六年二組は楽しかった、いいクラスだった、中学になってもずっとこのクラスだったらいいのに。男子も女子も口々に言って、私との別れを惜しんでくれた。

おとなになったいまはどうだ？　おとなになる途中のどこかで、六年生のときの若い担任教師がほんとうは弱くてずるい男だったのだと気づいたのではないか？

二人の娘の父親になってからの私は、美保子と佳代子が担任教師に理不尽に嫌われてしまったらどうしよう、とクラス替えのたびに案じた。二人が「今度の先生って、前の先生より厳しいんだよ」「前の先生のほうがよかったなあ」と話すのを聞くたびに、身が縮む思いがした。もしも娘たちがあの頃の私のような教師に出会って、にんじんのような目に遭わせられたら、なにがあっても私はその教師をゆるさない。おまえは教師失格だと言ってやる。だが、万が一の想像をめぐらせてひそかに固める拳《こぶし》で、真っ先に頬を打たれなければならないのは、ほんとうは私自身なのだ。

重い足取りで会場の中華レストランへ向かった。逃げるな。自分に言い聞かせた。店の看板が見えて、しっかりしろよ、と背筋を伸ばしたとき、店から出てきた背広姿の男が大きく手を振った。

「先生、こっちです！」

幹事の中川《なかがわ》くんだった。案内状の名前を見ただけでは顔を浮かべるのがやっとだったのに、三十二歳の彼を見ると、小学六年生の頃の思い出が次々に浮かんできた。

そうだ、中川くんだ、彼が三十人三十一脚をやろうと言い張ったのだ。

中川くんの声に、店からさらに何人も出てきた。男子もいる。女子もいる。おじさんとおばさんになりかけの三十二歳のグループが、子どものようににこにこ笑って、拍手で私を迎えてくれる。

「先生、遅刻ですよお。道に迷ったんじゃないかって心配してたんですから」

「……すまん」

「ま、どうぞどうぞ、もうみんな集まってますから。先生が来ないと乾杯できないんで、みんな我慢してたんですよ」

「……うん」

「すごいですよ、出席率八割。さすが六年二組ですよね、ユウ、キョウ、ダーン！」

中川くんがおどけて力んだ声をあげると、女子の、たしか三浦《みうら》さんが、「さっきからこればっかり」と笑った。思いだした。三十人三十一脚の肩の組み方の練習を「どうやるんですかあ？」と訊《き》いてきたのは、三浦さんだった。

「ほら、先生、行きましょうよ、二階をぜんぶ貸切にしてますから」

階段をのぼる間も、みんなは私を取り囲んで「先生、俺のこと覚えてますか？」「先生、髪薄くなっちゃいましたね」と話しかけてきた。

いいのか――？

私に、こんなふうに歓迎される資格はあるのか――？

みんなは子どもの頃の無邪気さのまま、なにも気づいていないのか。二十年前のことなど忘れてしまったのか。覚えていて、気づいていても、それはもう、どうでもいいことなのだろうか。

「工藤先生、とうちゃーく！」

先導する中川くんのあとについて困惑しながら会場に入ると、拍手と歓声で迎えられた。

数人掛けの円卓の一つに、にんじん、おまえもいた。あの頃の面影を残した細おもての顔で、しかし体型のほうは横幅と厚みがうんと増して、一人前のおとなになっていた。

おまえも拍手をしてくれた。隣に座った友人と言葉を交わしながら、懐《なつ》かしそうなまなざしで私を見て、目が合うと、にっこりと――そう、「にやにや」ではなく、確かに「にっこり」と笑ったのだ。

胸が熱くなった。ああ、おまえはずっとその顔で笑っていたんだな、と鼻の奥がツンとした。

「先生、こっちにどうぞ」

上座に用意された私の席の隣には、風間先生の写真が飾られていた。晩年ではなく、まだ現役の、おそらく五年二組を担任していた頃のものなのだろう。

席について写真を覗《のぞ》き込むと、中川くんが「すみません……」と頭を下げた。「風間先生にもやっぱり僕らお世話になったんで……写真だけでも、来てほしくて」

私は笑ってうなずいた。「いいことだよ、風間先生も喜んでるよ」と言うと、中川くんもしんみりした顔でうなずきながら、「ありがとうございます」と応《こた》えた。

もう一度、風間先生の写真を見つめた。いまの私よりもまだ年上の風間先生は、鷹《おう》揚《よう》な笑顔で目を細めていた。なんだか、その笑顔は私のために浮かべてもらっているような気がした。

コース料理が一通り出たあとは、みんなワインのグラスを手にテーブルを移動するようになり、何人かは「ごぶさたしてます」と私のテーブルに来て、近況を報告した。すでに商社マンになった男子がいる。結婚して三人の子どもをもうけた女子もいる。すでに二度転職した男子もいれば、夫と離婚した女子もいる。出席したメンバーはそれなりに幸せそうだったが、欠席の返事をよこしたり連絡がつかなかったりした同級生の中には、すさんだ生活を送っている者や、両親でさえ居場所がわからない者もいるのだという。「ユウ、キョウ、ダン！」の合言葉どおりには人生は進まない。みんなもそれを実感しているのか、話題はいつしか三十人三十一脚のことになった。

楽しかった、と誰もが言った。それも、いい記録を出したときのことよりも途中で転んでしまった思い出のほうを、みんな懐かしがっていた。

いつわりの新記録のタイムは、誰も覚えていなかった。にんじんを選手からはずしたことは話題にものぼらなかった。途中からは「あれ？　それって六年生じゃなくて五年生のときだったっけ」と思い出の順番があやふやになり、酔いが回ってくると「まあ、どっちにしても小学校時代の思い出ってことでいいじゃん」とみんなで笑った。

風間先生は写真立ての中で鷹揚に笑う。

なあ、工藤くん、子どもの頃の思い出なんてそういうものだよ——。

気負いつづけた若い教師の肩に軽く手を載せるように、目を細めて笑うのだ。

にんじん。

おまえが私のテーブルに来たのは宴の果てる間際《まぎわ》だった。途切れなくつづいていたほかの同級生の近況報告がようやく一段落して、私の隣が空いたのを見計らったように、すうっと席についた。

「すみません、ごあいさつが遅れまして」と会釈《えしゃく》したおまえは、「伊藤っていいます。伊藤和博ですけど、先生、覚えていらっしゃいますか？」とつづけた。

「ああ……よく、覚えてる」

なんの屈託もないおまえのあいさつに戸惑って、声がうわずった。

「そうですか、うれしいです。僕、小学生の頃はあんまり目立たなかったから、すぐに忘れられてるんだと思ってました」

「いや……そんなことはない、よく覚えてる……きみのことは」

「三十人三十一脚で補欠だったんですよ、僕」

皮肉をぶつける口調ではなかった。笑顔もゆがんでいない。応える言葉に詰まる私をよそに「あのときは悔しかったけど、実力の世界だし、ベスト記録も出たんだし、いい思い出ですよ、あれも」と懐かしそうにつづけて、近況を報告した。

中学の教師になっていた。すでに結婚をして、一人息子はこの四月に小学校に入学する。

「……先生になったのか」

「ええ。公立の中学校なんで、けっこう荒れてて大変ですけど、やりがいはあります」

おまえは自分の仕事を誇るように軽く胸を張って、酔いの回った会場のにぎわいにまぎれてしまいそうなほど静かにつづけた。

「教師は完璧《かんぺき》な人間しかなれないわけじゃないって、先生に教わりましたから」

あわてて口を開きかけた私を制して、「恨んでませんよ」と笑う。「もう、昔の話ですから」

息が詰まる。背中がこわばって動かない。だが、おまえは、そんな私に——まるで教師が教え子をさとすように「恨みごとを言いたいんじゃないんです、ほんとうに」とつづけ、携帯電話の画面を開いて見せた。待ち受けの画像は幼い男の子の写真だった。

「息子です。僕以上に目立たなくて、勉強もたいしてできそうになくて、顔もかわいらしいわけでもないから……小学校に入っても、あんまり先生には好かれそうにないんですよ」

でもね、とおまえはつづけたのだ。

「もしも、息子の担任が工藤先生みたいなことをやったら……僕は、絶対にゆるしません」

私は黙ってうなずいた。なぜだろう、追い詰められているのに、不思議と救われた気分だった。いま、私は二十年前の罪に罰を与えられている。やっと罰してもらえた。それは身を切られるようにつらくて、苦しくて、だからこそ、もっと大きなものに包まれて、ゆるされているような罰だった。

うつむいた。くちびるを結んだ。言わなければならない言葉がある。だが、それは、決して口にしてはならない言葉なのかもしれない、とも思う。

私にできることは、顔を上げて、おまえをまっすぐに見つめるだけだった。おまえもわたしのまなざしを受け止めてくれた。言いたいことはわかりますよ、というふうにうなずき、でも言わなくていいんです、とかぶりを振って、「生意気ですけど……先生も、いまはすごくいい先生になってるんじゃないかな、って」と微笑《ほほえ》んでくれた。

「……年下だったんだ、いまのきみたちより」

「ですよね、なんか嘘《うそ》みたいだけど、もう、僕ら、あの頃の先生を追い越しちゃったんですよね。ほんと、ちょっと信じられないけど」

「だめなところ、いっぱいあったな」

そんなことないですよ——とは、おまえは言わなかった。代わりに、「学校の先生って難しいです。まだまだ、僕なんか、失敗しなきゃわからないレベルですから」と、くすぐったそうに肩をすくめた。

「……後悔することは、たくさんあるよ」

小さくうなずいたおまえは、私のグラスにワインを注いだ。

ありがとう。私は言った。声にはならなかったが、自然と、口がその形に動いた。

先生になってくれて、ほんとうに、ありがとう。

おまえは照れくさそうに笑って、「いい先生になります」と応え、席を立った。

ありがとう。もう一度つぶやいて、遠ざかるおまえの背中に小さく一礼すると、目に涙がにじんだ。

顔を上げる。二十年後の教え子たちが、にぎやかに酒を飲み、語り合って、笑い合う。おとなになった子どもたちが、愚痴をこぼしたり、自慢したり、励まし合ったり、慰め合ったりしている。幹事たちは二次会の会場の地図を配っている。私の隣には、にんじんを最後に誰も来なくなった。教師の出番はもうおしまいということなのだろう。

空いたテーブルにぽつんと座った私は、グラスを風間先生の写真にそっと掲げて、ワインをすする。涙の名残でまぶたがほんのりと温かくなった。フロアで立ち話をしている連中にさえぎられて、にんじんの姿はもう見えなかった。

せ　ん　せ　い。

泣くな赤鬼

1

大学病院のロビーで会計を待っていたら、長椅子《ながいす》の後ろから「先生」と声をかけられた。

病院には「先生」がたくさんいる。自分のことだとは思わずに知らん顔をして座っていたら、今度は頭のすぐ後ろから「先生、先生」と呼ばれた。男の声だった。若いおとなの声でもあった。「先生、よお、先生って……」と男はもどかしそうに繰り返し、舌打ちして、教え子しか知らないあだ名で私を呼び直した。

「アカオニ先生」

驚いて振り向くと、髪を茶色に染めた男が、ほらやっぱり、と笑った。派手な柄のシャツの胸をはだけ、耳に金色のピアスを光らせて、ふんぞり返って座っていた。

「俺のこと覚えてる？」

困惑交じりに小さくうなずいた。十年ほど前に教えていた生徒だ。名前は斎藤《さいとう》という。だが、学校では、別の名前のほうが通りがよかった。

「ゴルゴ……だよな」

答えると、斎藤は顔をくしゃっとくずして「覚えてるじゃん、すげえ、俺って」と声をはずませた。

「ゴルゴって？」──隣に座った若い女が斎藤に訊《き》く。

「ほら、斎藤じゃん、斎藤っていったら、マンガのさいとう・たかを先生だろ。で、さいとう・たかを先生っていったら『ゴルゴ13』……だから、俺、ゴルゴだったんだよ」

やだぁ、と女はおかしそうに笑った。

「カミさん」と斎藤は女に顎《あご》をしゃくって、「ユキノっていうの、冬に降る雪に、刀にちょっと似てる乃」と虚空《こくう》に指で字を書いた。あいかわらずだ。高校時代から勉強はできなかった。特に国語が大の苦手で、私が教えていた古文の授業などは寝ている時間のほうが長かった。言葉づかいもなっていない。もう二十代の半ばを過ぎているはずだが、この風体だと、きっとろくな仕事に就いていないのだろう。

「で、アカオニって、なんなの?」

雪乃は斎藤より少し若く、服装は多少まともだったが、茶色い髪やピアスは同じ――夫婦そろって、きっとろくな毎日を過ごしていないのだろう。

「アカオニはアカオニだよ、赤い鬼。見てわかるだろ、そんなの」

斎藤はぞんざいな口調で言って、雪乃も私をじろじろ見て、「ほんとだ、赤鬼っぽーい」と遠慮も気づかいもなく笑った。

だが、赤鬼の由来は、確かに言葉で説明するより顔を見たほうが早い。赤く日に焼けた、いかつい顔だ。野球部の部長兼監督として、シーズン中は毎日グラウンドに出ている。「鬼」は練習の厳しさからも来ている。斎藤もそれをよく知っているはずだ。生活態度、特に言葉づかいや礼儀作法にうるさかったことは、忘れたふりをしているのかもしれない。

「ま、現役時代には面と向かって赤鬼なんて、めったに呼べなかったけど」

斎藤はそう言って、「マジ、怖かったし」と笑った。「いまでも怖そう」と雪乃も笑いながら、からかうように肩をすくめた。

「先生、いまは……港南じゃないよね」

「西高だよ。おととしから、西高でやってる」

「名門じゃん、進学校じゃん、野球部思いっきり弱いけど」

悔しいが認めるしかない。先週、秋季大会が終わった。初戦敗退だった。まだ九月の半ばだというのに、長いシーズンオフに入った。三年生のいた夏の予選も一回戦で敗れた。その前の春季大会、さらにその前の秋季大会、夏の予選……私が監督になってから、まだ一度も公式戦で勝っていない。

「港南に比べると全然だめでしょ。俺らはほんとにいいところまでいってたもんね」

わかっている。それも認める。私立の壁に阻《はば》まれて甲子園出場は果たせなかったものの、予選のベスト8はあたりまえの学校だった。しかし、そのことを、斎藤には言われたくない。

不機嫌さをおもてに出したつもりはなかったが、微妙に頰がこわばったのを察したのか、斎藤は私から目をそらし、「まあ、俺には思い出話する資格なんてないけど」と言った。雪乃も、そうだね、と小さくうなずいて、初めてしおらしい顔になった。

斎藤は港南工業を二年生の終わりに中退している。野球部をやめ、学校までやめてしまった。野球部の監督としても、クラス担任の教師としても、斎藤には悔しい思いをさせられた。恨んでいるとは言わないまでも、素直に懐《なつ》かしむ気にはなれない。

窓口で名前を呼ばれたら、そのまま立ち去るつもりだった。だが、こういうときにかぎって、なかなか順番は回ってこない。しかたなく、「元気そうで安心したよ」とだけ言って前に向き直ろうとしたら、「先生」と呼び止められた。

「ねえ、体の具合、どこか悪いの？」

なれなれしい口のきき方をする。よく言えばひとなつっこい性格だ。だからこそ、甘ったれで、意志が弱く、悪い仲間の誘いにずるずると乗ってしまって、学校を去った。

「胃《い》潰瘍《かいよう》だよ」

私はみぞおちに手をあてて、「夏休みの終わりから通ってるんだ」とつづけた。

「手術したの？」

「いや、薬で治してる。そんなにたいしたことないから」

「野球部が弱すぎてストレスがたまってるんでしょ」

そうかもな、と苦笑して、「おまえは？」と訊き返した。「誰かのお見舞いに来たのか？」

「じゃなくて、俺もちょっと調子悪くて」

斎藤本人は軽く言って、「酒、飲みすぎ」と笑った。だが、隣の雪乃は、すうっとまなざしを沈め、「再検査」と言い添えた。よけいなこと言うなよ、と斎藤は顔をしかめ、とってつけたような笑顔を私に向けた。

「……肝臓がよくないのか」

「うん、まあ、よくないっていうか、数字だけなんだけど、あと、肺もレントゲン撮り直すって。会社の健康診断ってテキトーだから、すぐ引っかかっちゃうんだよなあ」

「会社？」

むしろそっちのほうに驚いた。「俺もガキじゃないんだし」と斎藤は得意そうに胸を張った。市内でいちばん大きな自動車工場で働いているのだという。

「ラインだから夜勤も多いし、給料は死ぬほど安いけど、髪とかうるさいこと言われないし、会社がデカいから、福利厚生っての？　それ、けっこうよくて、タダで健康診断してくれて……」

その健診で、いくつかの項目が再検査になった。

「ここから先は自腹だしメンドいからほっとこうと思ってたんだけど、カミさんがうるさくてさあ」

雪乃を指差して、「ほんと、まいっちゃうよ、ついてくるんだもん」と、半分照れながらも得意そうな顔になる。無邪気なものだ。それでも気持ちはわかる。私だって、確かにうれしい。まっとうに働いて、まっとうに結婚して——そんなあたりまえのことが、あの頃の斎藤には、とてもできるとは思えなかったのだ。

「ゴルゴもおとなになったな」

「だって、おとなだもん」

それはそうだ、と笑った。再会して初めて、肩の力の抜けた素直な表情になった。

「しっかりがんばってるんだな」

斎藤は、そんなことないっすよ、テキトーっす、と初めて丁寧な言葉づかいになって照れた。

「いくつになったんだ？」

「二十六。先生は？」

「五十五だよ」

一瞬驚いて「そんなになる？」と目を見開いた斎藤は、「ああ、でもそうか、だよね、あの頃からオヤジだったし、白髪もわりとあったし」と小刻みにうなずいた。

「いまはもう、ほとんど真っ白だろ」

短く刈った髪を撫《な》でながら言うと、「髪が白いほうがホンモノの赤鬼っぽくていいじゃん」と返された。そうかもしれない。だが、大事なところが違う。私はもう、あの頃のような赤鬼ではない。あと五年で定年を迎える。西高が最後の勤務校になるだろう。甲子園出場の夢は、とうの昔にあきらめている。

「港南の友だちとは会ったりしてるのか？」

斎藤は首を横に振って、「学校やめちゃったらだめだよ、同窓会にも呼ばれないし」と言った。「野球部のOB会の名簿にも入ってないでしょ？　どうせ」——確かにそうだ。

だから、と斎藤はつづけた。

「ゴルゴって呼ばれたのって、マジ、ひさしぶりだった」

懐かしそうで、うれしそうな顔になった。どことなく寂しそうな顔でもあった。

こっちまで少ししんみりとしてしまい、沈黙の重さから逃げるように「検査はもう終わったんだろ？」と訊いた。「結果、どうだった？」

「今日はまだ出ないよ、来週だったっけ」

斎藤が振り向いて訊くと、雪乃は「そう、ちゃんと自分で聞きに行ってよ」と口をとがらせ、私に向き直って、「今日だって怖いから一緒に来てくれ、って」と教えてくれた。

「あ、バカ、てめえ、なに嘘《うそ》ついてんだよ、なんで俺がビビんなきゃいけねえんだよ……先生、いまの嘘だから、マジ、こいつ嘘つきだから」

わかってるわかってる、と笑っていなしていたら、窓口のスピーカーから私の名前が聞こえた。立ち上がる。意外と名残惜しかった。たとえ中退していても、教え子が一人前になったのを見るのは、教師の本懐というものだ。それがなくなったら教師なんて仕事はただ割に合わないだけだよなあ、とも思う。

「まあ、元気でがんばれよ」

「……うん、先生も」

じゃあな、と手を振って歩きだすと、斎藤は、どーも、と会釈《えしゃく》で応《こた》えた。懐かしさと、うれしさと、やはり今度も微妙な寂しさが交じった笑顔になっていた。


病院からグラウンドに戻ると、練習中の部員がいっせいに帽子をとって挨拶《あいさつ》した。どうも少ないなと気づいて、目で数えると、十七人の部員のうち十三人しか来ていなかった。グラウンドにいる部員たちの動きも鈍い。私が顔を出してから形だけ全力疾走をつづけていても、それまでの練習で汗をほとんど流していないことぐらいはわかる。

女子マネージャーに、留守中の練習の様子を聞いた。「普通です」――深く問い詰める気も起きずに、一人でストレッチを始めた。いつものことだ。甲子園ははるかに遠い。なにしろ三年生が引退したいまは、部員だけでは紅白戦すらできないのだ。

「四人休んでるんだな」

膝《ひざ》の屈伸運動をしながら訊くと、マネージャーは「用事があるって言ってました」と答えた。去年までなら、その用事の内容をちゃんと聞かなきゃだめだ、とマネージャーを叱《しか》り、そもそも練習を休むことじたい許さなかったものだが、今年はもうそこまで望まない。「わかった」と話を終えて、十三人いればゲーム形式のノックができるのだから、それでよしとする。

赤鬼もずいぶんまるくなった、と昔の教え子は驚くだろうか。

西高の生徒は私を赤鬼とは呼ばない。かつて私がそう呼ばれていたことも知らない。この学校の生徒たちは、私をこっそり「メタボン」と呼んでいるらしい。太った体つきから、メタボリック症候群のメタボ、からかってメタボン。さっき斎藤に教えてやればよかった。私だって「赤鬼」と呼ばれたのはひさしぶりのことだったのだ。

斎藤は、なんだよメタボンって、サイテー、と笑うだろうか。それとも、なめてんじゃねえぞ、と腹を立てるだろうか。なんとなく、あいつなら怒るだろうな、と思う。

怒ってくれるといいけどな、とため息をついてストレッチを終え、ノックバットをケースから取り出した。

ノックバットを持ってグラウンドに立つ姿を、鬼がトゲのついた金棒を持っている姿になぞらえられていた頃が、確かにあった。そして、もう、戻れない。赤鬼はバットを軽く振った。ノックの打球は、この二、三年でずいぶん勢いが落ちてしまっていた。

港南工業で教壇に立っていたのは、ちょうど十年間だった。四十三歳から五十二歳まで——同僚が次々に試験を受けて教頭や校長に昇進するのをよそに、現場にいることにこだわった。

ただし、私にとっての現場とは、教室や職員室ではなく、グラウンドだった。国語を教え、クラス担任を務めてはいても、私自身の意識では、あくまでも野球部の部長兼監督が本業だった。

最後のチャンスだと思っていた。

甲子園出場の夢は、港南工業にいるうちにしか叶《かな》えられない。

春の選抜大会と夏の選手権で、合計二十回、甲子園に挑んだ。県でベスト8は最低限のノルマだった。準決勝まで進んだ年も半分近かったし、夏は二回、選抜の出場校を決める秋季大会では一回、決勝まで残った。あと一勝、あと一点——それが遠かった。

「県立であそこまでいったら、たいしたものだ」とまわりからは言われた。野球部の予算で雇った「プロ」の監督ではなく、教師の仕事のかたわらチームを育てたことを評価してくれるひともいる。

だが、夢が叶わなかったことは事実だ。

そして、がむしゃらに夢を追った十年間で、私は何人もの生徒を切り捨ててきた。

斎藤もそんな一人だった。

彼の学年は、いまにして振り返れば、十年間でいちばん甲子園に近かったチームだった。入学した頃から、すぐに戦力になりそうな部員が何人もいた。

斎藤もそんな一人だった。

三十年以上も高校野球と付き合っていると、結局最後は才能の勝負になるのだと思い知らされる。野球のプレイの才能ではない。努力をする才能だ。単調で苦しい練習を黙々とつづける才能だ。野球の才能には恵まれていながら、「がんばる」という才能に欠けていたせいでグラウンドを去ってしまった部員を、私は何人も見送ってきた。

斎藤も、そんな一人だったのだ。

斎藤たちの学年が二年生だった秋、港南工業は県の秋季大会で準優勝して、他県を交じえたブロック大会に進んだ。ブロック大会でも初戦を突破してベスト4に残った。選抜大会の出場校は、例年、ブロックから三校だった。可能性はゼロではない。年明け二月の出場校発表に備えて、冬場も夏と変わらず、実戦的な練習をつづけた。

その頃、すでに斎藤の姿はグラウンドになかった。

期待していた選抜は落選に終わったが、私も部員たちも、落胆より「夏こそは！」の思いのほうが強かった。実際、主力が三年生に進級したチームは県の春季大会で優勝して、夏の予選の第一シード権を獲得した。甲子園は目の前にあった。手を伸ばせば届くところにあった。練習はいっそう厳しくなり、赤鬼の顔はいつもの年以上に精悍《せいかん》に焼けた。

その頃、斎藤は、もう学校をやめていた。

最後の夏。決勝で負けた。一点差だった。甲子園は確かに手を伸ばせば届いたが、私たちはそれをつかむことができなかった。

二年生を中心とした新チームが始動して間もなく、斎藤は、窃盗《せっとう》と暴行傷害、そしてバイクの集団暴走行為で警察に捕まった。

2

雪乃が西高のグラウンドを訪ねてきたのは、三日後のことだった。

シートノックをしていたら、マネージャーが駆け寄ってきて「お客さんが来てます」と言った。

「お客さんって？」

「よくわかんないんですけど、先生に会いたいって」

バックネット裏に雪乃がいた。私と目が合うと、肩をすぼめて会釈をした。隣に斎藤はいない。病院で会ったときとは違って、一人でぽつんとたたずむ姿は、見るからに心細そうだった。

雪乃はもう一度頭を下げた。すみません、お願いします、と頼み込むように私をじっと見つめる。あとにしてくれ、とは言いづらい雰囲気だった。

しかたなくノックを部員に任せて、バックネットに向かった。

「どうした？」と笑って訊《き》いても、雪乃の表情は沈んだままだった。なにかに打ちひしがれているようにうつむいて、息を吸うときも、吐くときも、細い肩が揺れる。

「斎藤は今日は仕事か?」

雪乃はうつむいたまま首を横に振って、不意に泣きだした。泣きながら私の腕をつかみ、嗚咽《おえつ》交じりに、うめくように言った。

死んじゃう。

ねえ、トモくんが、死んじゃう。

「誰のこと……?」

雪乃が答える前に、思いだした。斎藤の下の名前は智之《ともゆき》という――トモくんだ。

言葉に出したことでさらに感情が高ぶったのか、雪乃は子どものように声をあげて泣きじゃくった。私の腕をつかんで離さない。爪《つめ》を立てて、揺さぶって、すがりつく。

死んじゃう、トモくん死んじゃう、どうしよう、死んじゃう……。

最後は私の腕にしがみついたまま、ずるずると膝から地面に崩れ落ちてしまった。

来週本人に伝えられるはずの再検査の結果は、今日、雪乃にだけ知らされた。

ガンだった。すでに末期の状態で、肺にも肝臓にも転移している。医師は本人への告知をすべきかどうか雪乃に尋ね、一緒に余命も伝えた。

半年——進行が速ければ、三カ月。

病院で会ったときの斎藤の顔が思い浮かんだ。元気そうだったのだ。幸せそうだったのだ。「ゴルゴ」と私に呼ばれて、懐《なつ》かしそうな、うれしそうな……微妙に寂しそうな笑顔でもあったのは、本人の気づかないうちに、心の奥のどこかで死を覚悟していたせいだったのだろうか。

雪乃はしゃくりあげながら話を終えると、部室のミーティング用の机に突っ伏してしまった。

私は黙ってため息をつき、開け放した戸口からグラウンドをぼんやりと見つめた。この位置からだと三塁手のポジションがちょうど正面に見える。ノックを受けているのはレギュラーの丸山《まるやま》だった。打球を追って、捕って、一塁に放る。何度言っても捕球のときに腰高になる癖が直らない。捕球から送球へと移るときの足の運び方も悪い。港南工業ならベンチ入りすらできないような丸山のプレイを目で追っていると、高校一年生の頃の斎藤の姿がそれに重なって、ずれて、やがて丸山と入れ替わるようにくっきりと浮かんできた。

いい選手だった。体は小柄だったが動きが俊敏で、三塁線の打球に強かった。打球に対する最初の一歩の踏み出しがよかった。逆シングルで捕球したあと体をひねって一塁に投げる、その動きも速くて正確だった。センスがある。すぐに先輩たちを押しのけて試合に出るのは無理でも、しっかり鍛えていけば二年生の秋に三塁手のレギュラーをとるのは確実だろう、と期待していた。

「……もったいなかったよ」

ぽつりと言った。いまはそんなことを話しているときではない。理屈ではわかっていても、つぶやきが勝手に漏れてしまった。

「がんばってほしかったな。ゴルゴが残ってれば、甲子園、行けたかもなぁ」

なにを言っているのだろう、私は。いま、それを雪乃に言って、なんの意味があるというのか。

雪乃は机に突っ伏したまま、なにも応えない。もう涙は止まっている様子だったが、顔を上げて目が合うと、また泣きだしてしまうのかもしれない。

「なんでここに来たんだ？　相談するんだったら、もっとほかに、たくさんいるだろう」

返事はない。いま言うべきことだとは思わないし、雪乃を責めるつもりもない。それでも私は、グラウンドに目をやったままつづけた。

「ゴルゴは……俺のこと、恨んでるだろ」

雪乃は顔を腕の中に埋《うず》めたまま、そんなことない、とくぐもった声で言った。

「トモくん、すごく喜んでた。赤鬼先生に会えてよかったって、家に帰ってからも昔の話たくさんしてくれて、シュウが大きくなったら絶対に野球やらせるって言ってて……」

「シュウって？」

「子ども。集まるっていう字で、集。まだ赤ちゃんだけど」

私は雪乃がまだ突っ伏しているのを確かめてから、自分の額を片手でわしづかみにした。顔がゆがむ。うめき声が漏れそうになるのを歯をくいしばってこらえた。

まだ二十六歳なのだ。奥さんがいて、子どもがいて、斎藤の人生は、まだこれから、だったのだ。

「……告知はどうするんだ」

「します」

雪乃は迷う間もなく答え、「約束してたから」とつづけた。

再検査の通知を受けたとき、冗談のつもりで「ガンだったらどうする？」と話していたのだという。告知は斎藤が望んだ、というより、命じた。「だって俺、雪乃に嘘《うそ》つかせたくないもん」──その言葉を私に伝えると、雪乃はまた泣きだしてしまった。

せ　ん　せ　い。

私も、赤鬼に似合いの太い指で、額の両脇《わき》を強く押さえた。

悪い仲間と付き合っていても、ほんとうは気が小さくて臆病《おくびょう》な男だったのだ。半年だの三ヵ月だのと余命を宣告されて、耐えられるはずがない。それでも耐えるのか。耐えなければならないのか。こつこつと努力することの嫌いな男だった。辛抱のきかない性格だった。思いどおりにいかないときにグッと踏ん張ってこらえることが、どうしてもできなかった。そんなおまえが――無理だろ、無理に決まってるだろ、と奥歯を嚙《か》みしめる。

「うれしかった、って……赤鬼先生にまた会えるとは思ってなかったから、すごくうれしかったって、ずっと言ってて……」

「いつでも遊びに来ればよかったんだよ、あのあともずっと港南にいたんだし、誰かに訊いたら俺が西高にいるのもすぐにわかるんだし」

違う。そういうものではない。野球部を途中でやめ、高校も中退してしまった生徒は、決して私の前に顔を出そうとはしない。わかっていて、言った。

「もっと早く会いたかったな、ゴルゴと」

言っても詮《せん》ないことでも、言わずにはいられない。もっと早いうちに再会していれば、体調がよくないことに気づいてやれたかもしれない。「具合が悪いんだったら早めに病院に行けよ」と言ってやれたかもしれない。

きれいごとだ。わかっている。

斎藤だけではなく、野球や高校生活に挫折《ざせつ》してしまった生徒は、みんな、学校やグラウンドにいた日々を「なかったこと」にしてしまう。教師に対する気おくれや気まずさで顔を出さないのではなく、思い出そのものから逃げてしまうのだ。私も去る者は追わない。目の前の生徒や部員のことで毎日が手一杯なのだから、気軽に訪ねて来られて、相談事を持ちかけられても困る。本音だ。ごまかすことはできない。本音の本音では、勝手にしろ、で終わる。打ち消すつもりはない。

それでも、やりきれなさは澱《おり》のように胸の奥に溜《た》まる。

あいつは元気でいるだろうか、と思う。幸せにやっていればいいな、と思う。

たぶん——すべて、きれいごとだ。

雪乃は顔を上げて、涙で濡《ぬ》れた目元をハンカチで拭《ふ》きながら言った。

「ベッドが空いたらすぐに大学病院に入院すると思うから……お見舞いに来てもらっていいですか」

ままごとの道具のような写真入りの名刺も渡された。赤ちゃんのいるママ仲間で交換し合っているのだという。シールプリントの写真では、シュウくんを真ん中に、斎藤と雪乃がVサインをつくっていた。

「トモくん、ほんとに喜んでたんです。高校時代のこと、あんなに楽しそうに話してくれたのって、初めてだと思う」

「中退してからのことじゃなくて？」

「そう……まだ野球部にいたときのこと」

雪乃はハンカチをしまい、気持ちを切り替えるように、うん、と息を詰めて一つうなずいて、「ねえ、赤鬼先生、知ってます？」とつづけた。「トモくんが先生に会えていちばんうれしがってたこと、なんだったか」

「さあ……」

「先生、ほめてくれたでしょ、トモくんのこと。ちゃんと仕事をして、結婚もして、しっかりがんばってるんだな、って。それが、すごくうれしかったんだって。初めて赤鬼にほめられたよ、野球部にいた頃って全然ほめられたことなかったから、って
……ほんと、喜んでたんですよ」

ほめたことは確かに一度もなかったかもしれない。斎藤にかぎらず、誰に対してもそうだった。期待をかけていればいるほど、厳しく接した。だから赤鬼だった。鬼はいつでも怒った顔をしているから、鬼なのだ。

「なんで昔はほめなかったんですか？」

「もっとうまくなってほしいからだよ。ほめて、安心すると、そこで止まるから」

雪乃は小さくうなずいて席を立ちながら言った。

「でも、学校の先生って、生徒をほめてあげることが仕事だと思うけど」

会釈《えしゃく》して部室を出て行く雪乃を、私は椅子《いす》に座ったまま、黙って見送った。そんなことはない——とっさに浮かんだ言葉が、どうしても口から出てこなかった。

高校野球の監督は、野球好きのひとなら誰もが一度は「やってみたい」と憧《あこが》れる仕事らしい。気持ちはわかる。甲子園に出場できるかどうかはともかくとしても、監督は野球部の絶対的な君主だ。選手を鍛え、チームを育て、作戦を組み立てて、選手を動かしていく。責任を背負うかわりにやりがいもある。もちろん、期待していたほど選手が育たないことや、作戦どおりのプレイができないことは——むしろうまくいくことよりもずっと多いのだが、それもまた楽しみのうちなのだ。

だが、もしも教師志望の大学生が「野球部の指導もやってみたいです」と私の前で夢を語ったら、たぶん私は苦笑いを浮かべて「まあ、適当にやれよ」と言うだろう。言葉は軽くても、本音だ。「できれば、きみは部長をやって、監督は外からプロを雇ったほうがいいけどな」とも言ってやろうか。「俺たちは教師だから、部活よりも授業のほうが大事なんだぞ」と、あたりまえのことをしかつめらしく言ってもいい。

学生が不満そうな相槌《あいづち》を打つのなら、これがとどめの一言だ。

「教えたり育てたりすることと、選ぶこととは、違うんだよ」

その違いをきちんとわかっている監督は、とびきり優れた手腕を発揮するかもしれないし、何年かたって野球部から手を引いてしまうかもしれない。

私はそのどちらでもなかった。気づくまでに三十年近くかかった。五十歳を過ぎてそれに気づいたときには、もう、重い疲れが全身に染《し》み込んで抜けなくなっていた。

だから、その言葉は、私自身の苦い体験に基づく教訓でもあるはずなのだ。

高野連の支部の集まりや練習試合の前後に、他の高校の監督と野球談義をするときがある。プロとして雇われている強豪校の監督よりも、やはり教師として野球部を率いている監督とのほうが話が合う。

たとえば「監督をやっていていちばん楽しい時間はなんだ？」という問いがあれば、私たちはきっとこう答える。

「来年と再来年のスターティングメンバーを考えるときだよ」

目の前の試合のためのメンバーではない。一年生や二年生の部員の顔を思い浮かべて、来年のチームはこうなる、再来年はこうだ、と想像するのだ。

高校野球はトーナメントだ。一度の負けですべてが終わる。公式戦のメンバーを決めるときは胃がキリキリするぐらいキツい。学校やOB会に結果を出すことを求められているプロの監督は、私たちよりさらに重いプレッシャーを背負って、今年の予選を勝ち抜くことしか考えられないかもしれない。

だが、私たち教師の監督は、職業柄と言えばいいのか、そこが片手間の甘さなのか、先のことも考えられる。まだ中学生のしっぽを残しているような幼い一年生がこれからどう伸びていって、どんなチームになるのかを考えることが、むしょうに楽しいのだ。

斎藤たちが一年生の頃にも、将来のオーダーを組んでいた。

斎藤は三塁手。打順は二番。足が速かったし、器用なところもあるから、ぴったりだと思っていた。

だが、本人は送りバントが嫌いで、下手で、居残りつづきのバント練習にもなかなか身が入らなかった。自分が犠牲になってランナーを進めるというのが、性に合わなかったのだろう。素直にバットに当てて転がせばいいのに、あわよくば自分も生きようとしてライン際《ぎわ》の難しいコースを狙《ねら》い、結局フライになったり空振りしたりという繰り返しだった。

二年生になったばかりの頃に組んだ将来のオーダーでは、三塁手で八番だった。二番バッターとしては見切りをつけた。あんなにバントが下手で、体が小さいのに一発狙いで大振りをされたのでは、とても二番では使えそうになかった。

もっと伸びると思っていた。鍛えればものになる素材だと信じていた。だが、斎藤の存在感は一年間でずいぶん下がった。バッティングもそうだし、入学直後に目を惹《ひ》いた守備のほうも、しだいにグラブさばきがぞんざいになって、つまらないエラーが増えてきた。もっと基本に忠実な泥臭いプレイをしてほしかったが、本人は軽やかで余裕のある、要するに格好をつけた守備を見せたかったのだ。最初の期待が大きかったぶん、もどかしくてしかたなかった。なにより、一年生の三学期に入った頃から練習を休みがちになっていた。基礎トレーニング中心のシーズンオフの単調な練習がつまらなかったのだろう。

夏の予選の前に、秋からの新チームのラインナップを考えたときには、斎藤はレギュラーのボーダーラインだった。同じ二年生の和田《わだ》という部員がぐんぐん伸びてきたのだ。入学した頃にはまったく目立たない部員だったが、二年生に進級した頃から目に見えて上手《うま》くなった。背も一年間で十センチ近く伸びたし、シーズンオフのトレーニングが実ってパワーがついた。絵に描いたような努力型の選手だ。ただ、三塁線の打球を逆シングルでさばく球際のセンスは、まだ斎藤にはおよばない。もともとレフトを守っていた和田を、五月に三塁手にコンバートしたのも、半分は斎藤に刺激を与える目的だった。

夏休みに三年生が引退して、新チームが始動した。スターティングメンバーは、そこからは想像の世界ではなく現実の世界のものになった。

和田は夏のうちにあっさりと斎藤を抜き去った。苦手だった逆シングルの守備を徹底的に練習して、全身をアザと擦り傷だらけにしたすえにコツを覚えた。送りバントやヒットエンドランといった小技も着実にこなせるようになった。テクニックというより、打てなければ自ら球に当たってでもチームに貢献しようという気迫が、和田にはあったのだ。

一方、斎藤は、練習に来たり来なかったりの毎日だった。教室で見ていても、二学期に入ると明らかに態度が悪くなった。付き合う仲間も変わった。野球部の友だちを避けるようになり、夜中にバイクを乗り回す連中にくっついて、体育館の裏や階段の踊り場にしゃがみ込むようになった。

和田のプレイを見て、自分は勝てない、とあきらめてしまったのか。その前に、和田が三塁手にコンバートされたのが気にくわなかったのか。わからない。クラス担任として何度か職員室に呼び出し、生活の乱れを注意したが、本気で聞いているようには見えなかった。

秋季大会の前に練習試合をいくつか組んだ。三塁手のレギュラーポジションは、和田がとった。打順は二番。「斎藤」を「和田」に書き換えただけで、一年生の頃の構想どおりのラインナップになった。

ほんとうは、その時点ではまだ斎藤にも期待をかけていたのだ。和田は確かにいい選手になったが、斎藤が本気で練習に取り組めば、また抜き返せるだろう。背番号もレギュラーの5は斎藤に与えた。背番号5を背負いながら試合に出られないことを、悔しいと思ってほしかった。その悔しさを練習にぶつけてくれ、と願った。

しかし、斎藤は悔しさを背負わなかった。悔しさを受け止めるほどの強さがなかった。へらへらと笑って、悪い仲間と一緒に自分より弱い連中にすごんで、野球なんて最初からどうでもよかったんだという顔をして、練習を休みつづけた。

秋季大会では、背番号5は和田がつけた。斎藤には背番号12を用意していたが、試合用のユニフォームを渡す日に斎藤が持ってきたのは退部届だった。

私は間違っていたのだろうか。練習試合で和田を使わず、「レギュラーはおまえなんだぞ」と斎藤を試合に出してやっていれば、気をよくして練習をつづけただろうか。わからない。ほめながら、おだてながら、気持ちを乗せてやれば、いいプレイをしていただろうか。わからない。和田はほんとうによくがんばったのだ。素質に恵まれていなくても、しっかりと練習をすればいい選手になれる、というお手本だったのだ。そんな和田をレギュラーからはずしてしまうことはできなかった。どうすればよかったのか、なにが正解だったのか、私はいまでもわからない。

教えたり育てたりすることと、選ぶこととは違う——というのは、そういう意味だ。

3

十月に入って間もなく、斎藤は大学病院に入院した。

数日がかりで検査をしたあと、手術をした。ガンを取り除くためではなく、ガンの転移によって狭窄《きょうさく》を起こした食道をバイパスして、胃に直接食べ物を送るための手術だった。

「食道もだめだったんです。もう、なんか、全身ガンだらけで……」

電話で状況を伝えてくれた雪乃は、「本人もかなりキツいみたい」と言った。「体が痛いとか苦しいっていうより、心がキツいって」

私は黙ってうなずいた。わかるよ、とは言わない。言ってはならないことだと思う。入院前のほうが、体が自由に動くぶん、もっと荒れていたらしい。落ち込みもひどかった。告知を受けた直後は、入院ぎりぎりまで仕事をつづけると言って工場の上司や同僚を感激させたものの、結局、一日も工場には出勤できなかった。

「夜は眠れないって言うし、朝は起き上がれないって言うし……急にぼろぼろ泣きだしちゃったり、いきなりコップを壁にぶつけて割っちゃったりとか、もう、めちゃくちゃ……」

私は無言でくちびるを嚙《か》みしめて、いくつも湧《わ》いてくるよけいな言葉を抑えた。

「死ぬところ見せたくないから離婚するとか、でも離婚したら生命保険のお金が入らないんじゃないかとか、シュウを抱っこして一緒に死にたいとか、シュウがかわいそうだからすぐに離婚して再婚しろとか、お義父《とう》さんやお義母《かあ》さんにも、ガンになるような体に産んだ責任をとれって怒ったり、母ちゃん母ちゃん母ちゃん、って泣きわめいたり……」

しまいには鎮静剤の入った睡眠導入剤を処方してもらったのだという。「でも、もう、いまは平気です、点滴に鎮静剤も入ってるし、そんな気力もなくなったみたいだし」とつづける雪乃の声も、ぐったりと疲れきっていた。

錯乱して死におびえる斎藤の様子を思い浮かべると、自然と眉間《みけん》に皺《しわ》が寄る。

弱い男なのだ。嫌なことやキツいことからすぐに逃げだしてしまう男なのだ。耐えられるはずがない。背負いきれるわけがない。

だから言ったじゃないか――。

斎藤は怒るだろうか。おまえはそれでも教師か、と誰かになじられるだろうか。

だが、私は何度となく言ったのだ。二年生の終わり頃、学校にほとんど来なくなったまま、もう中退したいと言いだした斎藤に、懸命に教え諭したのだ。

世の中や人生はおまえが思っているほど甘くないぞ、これからキツいことは山ほどあるんだぞ、中退するのは簡単でも、もう一回やり直そうと思ったときには遅いんだ、ここで卒業まで踏ん張れないようなら、これからやっていけないぞ……。

うつむいた斎藤は、私と目を合わさずに、はあ、と薄笑いを浮かべて応《こた》えるだけだった。高校をやめたい理由も、やめてどうするかということも、なにを訊《き》いても、べつに、としか言わなかった。

十七歳だったのだ。高校を中退して、なんの保証も資格もなく、社会に放り出されるのだ。将来への不安を、私の前では押し隠していたのか。それとも、不安を背負うことすらせず、まあいいじゃん、どうでもいいよ、と一人でもへらへら笑っていたのだろうか。

がんばれ、と私は言った。

どうやってがんばればいいんスかねえ、と斎藤は薄笑いのままで言った。

そのときはムカッとして、もうだめだ、こいつは、と見切りをつけた。

だが、いまにして思えば、それは斎藤が私にただ一度だけ覗《のぞ》かせた本音だったのかもしれない。

「赤鬼先生、忙しいと思うけど、お見舞い、来てください」

雪乃は言った。「トモくんのこと、励ましてあげてください」とつづけた。

「うん……」

応えてはみたものの、なにを励ませばいいのかわからない。もう助からないのだ。あとは死を待つだけなのだ。しっかり死んでいけ、と言えばいいのか。奇跡を信じろ、と言うしかないのか。

「トモくん、赤鬼先生に会いたがってます」

最初は、嘘《うそ》だと思った。雪乃も誰かにすがりつきたいのだろう。責めるつもりはなかったが、やんわりと「俺と会っても、また嫌なことを思いだすだけかもしれないぞ」と言った。

「そんなことないです」

きっぱりと雪乃は打ち消した。「ほんとです、ほんとに会いたがってるんです」とつづけ、入院前のできごとを教えてくれた。

斎藤は、気持ちの落ち着いているときには、雪乃に子どもの頃の思い出をとりとめなく話した。まるで自分の生きてきた歳月の記憶を託すように、あんなこともあった、こんなこともあった、と懐《なつ》かしそうに、時には涙ぐんで話していたという。私のことも話に出てきた。赤鬼ってマジ怖かったよ、と笑っていた。ひとのこと全然ほめないし、文句ばっかりつけるし、ノックはひねくれた球ばかり打ってくるし、使えねえと思ったらソッコーで見捨てるし。

胸が、どくん、と高鳴った。

だが、雪乃は斎藤のその話を冗談のつもりで受け取ったのだろう、話はすぐに先に進んだ。

「先生って、そんなに厳しかったんですか」

「ああ……赤鬼だからな」

「練習中は全然笑わなかった、って。先輩が最後の試合に負けて、引退して、泣いてるときも、赤鬼はずっと怒った顔をしてた、って」

「うん……」

「だから、トモくん、言ってました」

俺が死んでも、赤鬼は泣かないよ、

「わたしは、そんなことないよ——。泣くよ、って言ったんだけど……どうですか？」

すぐには答えられなかった。

「……考えられないよ、いまは」

かすれた声で言うのがやっとだった。赤鬼は厳しくておっかないから赤鬼だった。冷たいから、ではなかったはずだ。

「それで、トモくん、ああ、そうか、って」

ふと気づいたのだという。高校を中退して以来、教師という立場のおとなとは一度も会っていない。

「そうだよなあ、よく考えたら、赤鬼が俺の最後の先生なんだよなあ……って」

斎藤にとっては私が最後の教師だった。斎藤が「先生」と呼んだ相手は、私が最後なのだ。

「そのときのトモくんの顔、ほんとに懐かしそうだったから……会いたがってたから、先生、来てください、お願いします」

雪乃の声に涙が交じりはじめた。

見たくない。斎藤が死の恐怖におののき、ぶざまに泣きわめく姿は──想像がつくからこそ、見てしまうのがかわいそうだった。

それでも、目を閉じて、眉間の皺をさらに深くして、思う。

誰かが見てやらなければならない。ぶざまなところも、みっともないところも、すべて見届けて、それがおまえなんだ、と言ってやらなければならない。その「誰か」を、親以外で引き受けられるおとなは、教師しかいないじゃないか、とも思うのだ。

「近いうちに都合をつけて、行くよ」

格好ばかりつけていたおまえの、格好をつけられなくなった姿を、俺が見届けてやるよ──まぶたのつくった暗闇《くらやみ》の中にあの頃の斎藤の顔を浮かべて、声に出さずにつぶやいた。

私が斎藤をきちんと見てやっていたのは、野球部をやめるまでだった。

斎藤が持ってきた退部届を机の上に置いて、野球部をつづけるよう説得した。

まだ時間はある、と言った。秋季大会のレギュラーは和田に譲っても、冬を越せば、また春季大会がある。夏の予選もある。いくらでも逆転することは可能なのだ。

だが、斎藤は、無理ッスよ、と薄笑いを浮かべた。俺、根性ないし、だめッスよ、と他人事《ひとごと》のように言った。

そんなことはない。私は言った。努力する前からあきらめるな、努力は報われるんだ、それを信じてがんばれ、とつづけた。

すると、斎藤は、薄笑いに暗い翳《かげ》りを足して、吐き捨てるように言った。

嘘だよ、そんなの――。

言葉に詰まる私に、さらに押し込むように、努力が報われるんだったらみんなレギュラーじゃん、と言った。そうでしょ？　みんなまじめに練習してるじゃん、必死にがんばってるじゃん、でも補欠の奴《やつ》っているし、ベンチに入れない奴もいるし、甲子園だって行けないよどうせ、努力しても甲子園無理じゃん、報われないじゃん、嘘だよそんなの、全然嘘だよ……。

私は黙っていた。報われるというのは、そういうことだけじゃないんだ――と、言えば言えた。だが、そのときは自分でも不思議なほど、それがしらじらしい言葉のように思えてしまった。

斎藤は勝ち誇ったように、でしょ？　と言った。俺が努力しても、和田も努力するよ、じゃあどっちの努力のほうが勝つわけ？　努力に勝ち負けはないとか言ってても、あるじゃん、はっきり勝負つくじゃん、つけてるの自分じゃん……。

そのとおりだった。教師としての私の言葉を、監督としての私が裏切っている。反論する理屈はいくつもあったが、一度しらじらしさを感じてしまうと、もうだめだった。なにを言ってもきれいごとになってしまう。

私は斎藤をにらみつけた。赤鬼の形相でにらみ、もういい、と言って、机の上の退部届を手に取った。

その日から中退するまでの半年間は、クラス担任として叱《しか》ったり、親を呼び出したり、逆に警察に呼び出されたりしても、野球部にいた頃のように期待ともどかしさの入り交じるまなざしで斎藤を見つめることはなかった。

見限って、切り捨てた。

ほんとうは私自身が議論をつきつめることから逃げていたのかもしれない、と認めるようになったのは、何年もたってからのことだった。

高校中退とはどういうことか。野球部をやめるというのはどういうことか。長年教師をしていて、やっとこの歳《とし》になってわかってきた。

それはただ学校や野球部から籍をなくすことではない。もうこっちを見ないでくれ、と訴えているのだ。もういいから、俺のことはほっといてくれ、よけいなお世話はやめてくれ、こっちを二度と見ないでくれ、と走り去ってしまうことなのだ。

その背中を、私はいったい何度見送ってきただろう。

去る者は追わなかった。そんな余裕などなかった。私は野球部の監督で、高校の教師だ。野球部の部員については責任を負う。学校の生徒のことも同じだ。だが、そこから去ってしまった連中に対して、なにができる？　なにがしてやれる？　そして、いまさらなにをしなければならないというのだ。

割り切っていた。野球部を去った生徒も、高校を去った生徒も、決して少ない数ではなかった。それでも、グラウンドでノックの順番を待つ部員や、教室で授業を受ける生徒の数は、もっともっと多かった。彼らにしてやりたいことはたくさんあったし、してやらなければならないことは、さらに数多く待っていた。野球部をやめただけなら高校の教師として付き合うことはできるが、斎藤のように学校までやめてしまうと、私たちにはどうすることもできない。

斎藤が警察に捕まったとき、私たち教師はそれを生徒の噂話《うわさばなし》で聞いてから、警察に問い合わせた。警察や両親からの連絡はなかった。私たちも「斎藤が捕まったらしいですよ」「しょうがないな、あいつも」程度の会話で話を終えた。中退した生徒は学校とは無関係になってしまう。当然の話だし、彼らもそれを望んで、退学届を出しているのだ。

だが、ときどき思うことがある。

走り去った彼らは、ずっと学校に背中を向けたままだったのだろうか。息が切れるまで全力疾走をして、うんと遠ざかってから走るのをやめ、ふと学校のほうを振り返る——そんなことが、ほんとうに、ただの一度もなかったのだろうか。

はるか彼方《かなた》の学校を見つめ、もう誰もこっちを見ていないのを確かめて、また走りだす。そのときの後ろ姿を、私はときどき思い浮かべるのだ。教師としてのキャリアを重ね、生徒の中退手続きをとる回数が増えるにつれて、その後ろ姿が少しずつ、少しずつ、寂しそうに見えてしまうのだ。

4

斎藤はずいぶん痩《や》せた。再会してまだ二カ月しかたっていないのに、別人のように頬がこけ、ピアスをはずした耳がやけに大きく見えた。

ガンの進行は予想以上に――対症療法が追いつかないほど速いのだと、雪乃から聞かされていた。十月の終わりには腎《じん》機能が低下して、一時的ではあっても危険な容態に陥った。病室を訪ねるのが十一月半ばにずれ込んでしまったのも、そのせいだった。

「いまはもう、だいぶ落ち着いてるんで……一回死にかけたら、けっこう度胸つくよね」

細い声で言って、ため息と一緒に笑う。実際、体は衰弱していたが、精神的には安定している様子だった。少しずつ死を受け容《い》れる心の準備が整ってきたのだろうか。

雪乃が席をはずして二人きりになると、斎藤は不意に「生徒の葬式とか、出たことあるの？」と訊いてきた。

迷ったが、ここまで来てごまかしてもしかたないと思い直して、「けっこうあるよ」と答えた。「三十年以上やってるんだから、それはな、やっぱりあるよ」

「どんな気持ちなの、そういうときって」

「……たまらないよ」

「やっぱり悲しい？」

「悲しいし……悔しいな、すごく。みんな俺より年下だし、まだ若いんだし、高校時代っていういちばん元気な頃に付き合ってたわけだから、その頃の思い出がよみがえるとつらいよ」

「泣いちゃったりするの？」

斎藤が目を開けているのを確かめて、首を横に振った。

「悲しいけど、人前では泣かないよ」

斎藤は「俺もそう思ってた」と笑った。「赤鬼だもんね」

赤鬼は確かに泣かない。ほめない。けれど、一つぐらいは、その約束を破ってもいい。

「雪乃さんから聞いたけど、病院で俺にほめられて、うれしかったんだって？」

まあね、と照れくさそうに応《こた》えた斎藤は、「だってさ、俺、一度もほめられたことなかったし」と言った。「ほめられるようなこともしてなかったけどさ」

「いまなら、いくらでもほめてやるよ」

「そう？」

「ああ……おとなになったよ、ゴルゴは」

斎藤は黙って、もっと照れくさそうな顔になった。

「高校の頃も、ほめてほしかったのか？」

からかう口調で訊《き》いた。そんな口調をつくらないと訊けないほど、私にとっては重い問いだった。

斎藤は目を閉じる。落ちくぼんだ眼窩《がんか》が、暗い影をつくる。

「……赤鬼は、ほめたら、だめだよ」

浅い息に乗せて、言った。かすかに笑ってもいた。

そうかもな。私も微笑《ほほえ》んで、口だけを小さく動かした。

でもさあ、と斎藤は言った。惜しい、くらいはさあ、言ってほしかったな、たまには。

眼窩の影が暗さを増した。

「ほんと……ほめられるようなこと、なにもなかったけど……惜しいところは、けっこうあったような気がするんだけどな、俺……」

息を吸うときも、胸に掛けた薄い布団《ふとん》はほとんど動かない。命の残り時間に目盛りがついているのなら、いま、目盛りが一つ数を減らしたのだろう。

「また来るよ」と私が言うと、斎藤は目をつぶったままうなずいた。

それから十一月の終わりまでに何度か病室を訪ねた。

ガンは骨にも転移し、斎藤は毎晩のように全身の疼痛《とうつう》に苦しめられていた。だが、私が見舞いに行くときには、不思議といつも容態は落ち着いていて、「ガンも赤鬼が来たらビビっちゃうんだよ」と冗談すら言えるほどだった。西高での「メタボン」というあだ名を教えてやったときにも、なんだよそれ、と笑ったあとで、なんかムカつくなあ、そういうのって、と怒ってくれた。

「でもさあ、なんで先生、西高なんかに行っちゃったの。あんな学校なら、もう絶対に甲子園って無理じゃん。俺、港南がいつか甲子園に出たら応援に行こうって思ってたのにさ」

それが本音かどうかはわからなかったが、私は笑って「もういいんだ、甲子園は」と応えた。

「あきらめたの？」

「疲れたんだ」

ほかの誰かに訊かれたら、たぶん認めない。だが、斎藤には、すべてを話しておきたかった。

「港南に来る前は、もっと弱い学校にいたんだ。西高ほどじゃなくても、二回戦か三回戦で負けるのがふつうで、ベスト8が目標だった。甲子園を目指してないわけじゃないけど、港南とは全然違ってた」

「その頃は、赤鬼って呼ばれてなかったの？」

「ああ……赤鬼は港南に来てからだ」

前の学校では、一点差で負けている試合の最終回で、いままでがんばってきた三年生の補欠を「最後だから思いっきり振ってこい」と代打で起用していた。実力では二年生のほうがまさっていても、なるべく三年生を試合に出してやった。セオリーでは敬遠すべき場面でも、バッテリーが勝負をしたがっていたら、その判断に任せた。港南工業では、一度もそんなことはしなかった。できなかった。甲子園は中途半端《はんぱ》に近くて、遠くて、私はずっとそれに翻弄《ほんろう》されていたのかもしれない。

「おまえのいた頃は、まだ夢中だった。でも、少しずつ、野球部をやめた奴や、無理をさせて故障した奴のことが気になってきたんだ」

斎藤は「でも、俺は勝手にやめたんだし……」と言ったが、かまわず話をつづけた。

「歳をとっていうのは、そういうことなんだろうな。後悔が増えるんだ。俺は強い奴が好きだった。弱い奴でも、鍛えられて、努力して、強くなっていくのが好きだったんだ。でも、強くなれなかった弱い奴のことは……考えてこなかった」

斎藤は言いたいことをこらえるように、息を詰めて、ゆっくりと吐き出した。

港南工業で十年勤務したあと、私は転出希望を出した。翌年は県の教育委員会で仕事をして、その次の年に西高に異動した。野球は好きだ。野球部を率いて、選手を育てることは、やはり捨てられない。それでも、もう赤鬼にはならない。なってはならないのだと決めていた。

「だから、メタボンなんだ、いまは」

私は苦笑交じりに椅子《いす》にきちんと座り直し、斎藤に深々と頭を下げた。

「悪かった……なにもしてやれなくて、ほんとうに、悪かった」

斎藤は黄疸《おうだん》の出ている目でじっと私を見て、違うよ、と口を動かした。

「野球部をやめたのは、俺のわがままだから」

「やめたあとのことだ」

「……中退したのも、先生がやめるなって言ってくれたけど、俺が勝手にやめちゃったんだし」

「そのあとのことだ」

「だって……中退したら、もう関係ないじゃん、先生が面倒見なきゃいけないスジないじゃん」

わかっている。わかっていても、私は、定年が見えてきたこの歳になって、教師だ

せんせい。

って学ぶのだと知った。たくさん後悔して、申し訳なさも背負って、なにを学んだかわからないまま、学ぶのだ。

言葉はもう出てこなかった。無言でまた頭を下げたまま、肩を震わせた。

「ねえ、先生」

斎藤は静かに言った。声はか細くかすれていたが、耳に吸い込まれるように届いた。

「俺は、赤鬼、けっこう好きだったよ」

おまえは、こんなにも優しく語りかけることができるようになったのか。

「甲子園……惜しかったね」

もしも奇跡が起きて、人生の残り時間がうんと増えるのなら、おまえは教師になれ。私がおまえに言ってやれなかった「惜しい」の一言を、おまえのような生徒に何度でも贈ってやってくれ。

斎藤は、ふふっと笑う。

「泣くな、赤鬼」

私は顔を上げる。目が合った。黄色くにごった斎藤の目がうるみ、かさかさになった頰を涙が伝うまで、私たちはただ黙ってじっと見つめ合っていた。

十二月に入って、斎藤の容態はさらに悪化した。主治医は斎藤をナースステーションに隣接した個室に移し、年を越すのは難しそうだと雪乃に告げた。全身の疼痛に加えて、意識の混濁も始まった。最後の苦痛をやわらげるためには、薬で意識レベルを下げて、昏々《こんこん》と眠らせるしかない。

「会いに来てもらえませんか」

雪乃は電話で言った。「お見舞い」という言葉はつかわなかった。

「トモくん、ずうっと寝てないんです、痛くて、キツくて、眠れないんです。よくがんばったから、ほんとうによくがんばったんだから、もうそろそろ眠らせてあげようって、お義父《とう》さんもお義母《かあ》さんも言ってて、あと二、三日で、注射を打ってもらって、そうしたら、もう眠ったままになっちゃうから……友だちにも来てもらってて、みんなお別れしてくれてるから、先生も来てください、お願いします」

「行かせてもらうよ」

私は応え、「雪乃さんも、よくがんばったね」と言った。「ゴルゴは眠ってても、雪乃さんのことはちゃんとわかってるよ、最後までずっとわかってくれてるからな」

ほめることも、励ますことも、こんなに簡単だったんじゃないか。

せんせい。

病室の前の廊下には、斎藤の両親がいた。中退する前に学校に来てもらって親子面談をして以来だから、約十年ぶりになる。母親は私に気づくと、「その節は、たいへんご迷惑をおかけして……」と頭を下げて挨拶《あいさつ》してくれた。父親はその後ろで、息子に先立たれる無念を嚙《か》みしめるようにくちびるを結び、足元をにらんでいた。

両親に心配をかけどおしの息子だったのだ。やっと一人前になって、孫の顔も見せて、安心させた矢先に、また悲しませてしまう。惜しかったな、ゴルゴ。これからたくさん親孝行できるはずだったのに、ほんとうに惜しかったな。

「斎藤くん、いい男になってましたよ」

私は両親に言った。「高校は卒業できなかったけど、立派におとなになってました」

とつづけると、母親は両手で顔を覆《おお》って泣きだし、父親はその肩をいたわるように抱きながら、「ありがとうございます」と低い声で言った。

病室のドアが内側から開いて、雪乃が顔を出した。「先生、来てくれたんですね」と面《おも》やつれした顔をわずかにほころばせて、どうぞ、と私を招き入れた。

斎藤は酸素吸入のチューブを鼻に差し入れられて、うつろな目で天井を見つめていた。心電図のセンサーがパジャマをはだけた胸に貼《は》りつけられ、下半身を覆った薄い布団の縁からは尿道カテーテルがベッドの下の尿バッグまで延びているのが見えた。

十一月までとは違う。もう、斎藤の命に与えられた時間は、目盛りをほんのわずか残しただけになってしまった。

「トモくん、先生だよ、赤鬼先生、来てくれたよ」

雪乃が耳元で声をかけても、斎藤の反応は鈍い。私は雪乃に、いいんだ、と目で伝え、ベッドの横の椅子に座った。骨と皮だけになった斎藤の手をそっと取って、左右の手のひらで包み込んだ。

「ゴルゴ……ゴルゴ……」

斎藤の目がこっちを向いた。ああ、先生、というふうに、頰が少しだけ動いた。

「トモくん、先生に見てもらいなよ、ほら、これ、先生、見て」

棚の上に、金色のリボンをかけた包みが置いてあった。シュウくんへのクリスマスプレゼント――野球のグローブだった。

「まだ赤ちゃんなのに、どうしてもグローブにするんだ、って。わたしがわざわざデパートまで行って買ってきたのに、シュウに渡すのは自分なんだって。おいしいところだけ持っていくんだから」

雪乃は怒ったふりをする。私が「高校時代からそうなんだ、格好つけたがるんだ」

と笑って言うと、「でしょ？　そうですよね、ほんと」と声をはずませて応えたが、それが限界だった。「クリスマスまであとちょっとなんだから、ねえ、渡すんだから……」とつづける声は涙交じりになって、そのまま病室を出て行ってしまった。

「いい奥さんだよな」

私は斎藤の手をさすりながら言う。斎藤は照れくさそうに頬をゆるめ、鼻に送り込まれる酸素の音にほとんどかき消されてしまう声で、言った。

悔しい——。

間違いない、斎藤は確かにそう言った。死ぬのが悔しい、家族をのこしていくのが悔しい、人生がこんなところで断ち切られてしまうのが悔しい……。

「悔しいか」

うん、と顎《あご》が動く。く、や、し、い、と口が動く。もう、声にはならない。

私は斎藤の目にも映るように顔を寄せて、大きくうなずいた。それでいいんだ、と伝えた。

悔しさを背負った。おとなになった。私の教え子は、私の見ていないうちに、ちゃんと一人前のおとなになってくれたのだ。

「よくやったよ、ゴルゴ……おまえは、よくやったよ」

なあ、そうだよ、と手をさする。悔しいけどな、惜しかったけどな、でも、おまえはせいいっぱいやったよ、と手を包む。

「ありがとう」

声が自然に出た。言葉を選んだわけではないのに、口にしたあとで、俺はずっとこの一言を言いたかったんだ、と気づいた。そこから先は、もうなにも考えることはなかった。

「俺の生徒になってくれて、俺と出会ってくれて……ありがとう……」

手のひらに伝わる感触が変わった。斎藤の指が動いた。私の親指の付け根を握ってくれた。

泣くな赤鬼。そう言いたいのか。

斎藤の指は枯れ枝のように筋張っていて、それでも、温かい。

私はその指に自分の指をからめた。指切りげんまんの形になった。約束も罰も決めないまま、私たちは確かになにかを誓い合って、指切りをした。

遠くまで旅をして、いつか、こっちを振り向いてくれ。私はあいかわらず目の前の毎日に追われているかもしれない。手を振ってくれ。ああ、おまえはそこにいたのか、と気づかせてくれ。

だいじょうぶだ。
人前では泣かない、とおまえに言ったはずだ。

気をつけ、礼。

ヤスジが少年の家をひょっこり訪ねてきたのは、五月の連休が明けた頃だった。少年は県庁のあるY市の高校に入学したばかりで、中学を卒業するまで坊主《ぼうず》刈りだった髪は、ようやく指先でつまめる程度の長さまで伸びていた。

四月から始まった片道一時間の列車通学には、まだ慣れていない。定期入れを改札で駅員に見せる手つきがぎこちないのを友達に笑われたその日、学校から帰ると、ヤスジは居間で母親とお茶を飲んでいたのだった。

「ちょっと近くまで来たけん」とヤスジは照れ笑いを浮かべた。中学三年生のときのクラス担任だ。懐《なつ》かしさを感じるには別れてからの時間が短すぎたが、少し白髪が増えたように見えた。

「どないな、高校は。おもしれえか。しっかり勉強しよるか？」

少年は「はい……」と小さな声で応《こた》え、会釈《えしゃく》をしただけで、二階の自分の部屋に上がった。母親が息子の愛想のなさを苦笑混じりに詫《わ》びる声が聞こえた。

そっけなく接したつもりはない。ただ、思い掛けない再会に驚いて、なぜ急にヤスジが来たのか怪訝《けげん》にも思って、そしてなにより、その頃の少年は、自分の話そうとする言葉を何度も頭の中で転がしてからでないと口にできなかった。とっさのこと、に弱かった。考えるより先にしゃべってしまうと、たいがい言葉がつっかえた。子どもの頃からの吃音《きつおん》は、新しい環境への緊張感のせいだろうか、高校に入学すると、それまでにも増してひどくなっていたのだった。

服を着替えながら階下の様子をうかがった。話の内容までは聞き取れなかったが、ときどきヤスジと母親の笑い声が重なった。

少年はベッドの縁に腰掛ける。ごぶさたしてます、元気でがんばってます、先生もお元気ですか。あとで口にするはずの挨拶《あいさつ》の台詞《せりふ》を、頭の中で何度も練習した。

ヤスジの担当教科は社会だったが、体育の教師よりもずっと厳しかった。「ビシッとせえ」というのが口癖で、生活態度や言葉づかいにうるさく、『朝の会』や『終わりの会』の挨拶——「起立、礼、着席」に、「気をつけ」を加えるのは、少年のクラスだけだった。「気をつけ」の姿勢が悪かったり「礼」が揃《そろ》わなかったりすると、すぐにやり直し。態度の悪い生徒がいたらビンタが飛ぶ。四十そこそこのヤスジは同年輩の少年の父よりも頭一つ背が高く、学生時代に柔道で鍛えたという体は横幅も厚みもがっしりとして、ビンタは他のどの教師よりも痛かった。

生徒にとっては、けむたい存在だった。ヤスジというあだ名にしても、「山本」姓の教師が校内に三人いたからというだけの命名ではなかった。ヤスジを漢字で書けば「康司」、ほんとうは「コウジ」と読む。ヤマモト・コウジ。冗談じゃない、と広島カープをこよなく愛する生徒たちは思ったのだ。我らが主砲・山本浩二選手を冒瀆《ぼうとく》されたような気がしたのだ。だから、読みを変えて、ヤスジ。安いのヤスに、イボ痔《じ》のジ。そういうあだ名を付けられる教師は、じつは意外と生徒から好かれているものなのだ――おとなになったいまなら、なんとなくわかるのだけど。

ヤスジはよく、「おまえは姿勢が悪いけん、いけんのじゃ」と少年に言った。「背筋をビシッと伸ばさんけえ、うまいことしゃべれんのじゃ」

胸を張って、顔を上げ、息を大きく吸い込んで、自信を持って堂々としゃべれば、言葉がつっかえることなどない。それがヤスジの持論だった。相手の目を見てしゃべれ、とも言われた。目をそらしてしまうのは心が弱いからで、弱い心でしゃべる言葉はビシッとしていないから、つっかえてしまう。弱い心のまま、うまくしゃべれない自分の思いを無理に伝えようとするから、すぐに暴力に頼ってしまう。その理屈が正しいのかどうかは知らない。ただ、吃音のもどかしさとコンプレックスから暴力沙汰《ざた》を繰り返す少年のことをヤスジが本気で心配し、このままではいけないと考えていることは、確かだった。

ヤスジは少年に面と向かって「おまえは『どもり』なんじゃけえ」とはっきり言う。そんな教師は他にはいなかった。ヤスジ以外の教師は誰も、どんなに言葉につっかえても気づかないふりをする。「なかったこと」にしてしまう。吃音なんて気にするな、センセイはおまえのしゃべり方はぜんぜんおかしくないと思うぞ……と、優しさなのか思いやりなのか、いずれにしても、嘘《うそ》をつく。「自分の思うとることをビシッと言えんと、将来困るじゃろうが」と少年に言う教師は、ほんとうに、ヤスジ一人だったのだ。

そろそろ居間に下りようかどうしようか迷っていたら、ヤスジの挨拶する声が玄関から聞こえた。「どうもすみません、お邪魔しました」——妙に恐縮した声だったなと思い当たったのは、ずっとあとになってからのことだ。

母親にうながされ、バス停までヤスジを送っていった。並んで歩きながらヤスジは高校のことを尋ね、少年はぼそぼそと答える、そんなやり取りが何度かつづいたあとヤスジは不意に足を止め、少年に向き直った。

「ちいと、また、どもるようになってきたのう」

少年は黙ってうつむいた。

「喧嘩《けんか》はしとらんか？」

だいじょうぶです、の「だ」がつっかえたので、答える代わりに小さくうなずいた。

「おまえはとにかく姿勢が悪いんじゃ。ほれ、前向いて、背筋ビシッとしてみい」

言われたとおり、「気をつけ」をした。

ヤスジは、そうそう、とうなずき、『礼』もしてみい」とつづけた。「いつも言うとったろうが、頭から下ろすんじゃのうて、背中はまっすぐなまま、腰からビシッと前に倒すんじゃ」

「はい……」

背中に鉄板が入ったつもりで、というのがコツ。板書用の大きなコンパスを学生服の背中に差して練習させられた友だちもいた。

頭を深々と下げて、いーち、にーい、さん、で体を起こす。そのときに息を大きく吸い込め、とも口うるさく言われていた。

「そうじゃ」ヤスジは満足そうに言った。「いまの、この姿勢なんじゃ」

「はい……」

「ええか、人間のいちばんビシッとした姿勢は、『気をつけ、礼』のあとの、これなんじゃ。背中も伸びとる、正面も見とる、新鮮な空気も吸うとる。この姿勢が自然にできるようになりゃあ、おまえもどもらんようになるんじゃ。どもらんようになったら、いらん喧嘩もせんでええようになるんじゃ。ええか、わかったか」

最後はお説教のような口調になった。ついでに頭ぐらい小突いてきそうな様子だったが、ヤスジは話し終えると、もう帰ってええぞ、と手の甲で払い、一人でまた歩き出した。

「バス停、わかりますか?」と少年は訊《き》いた。「気をつけ、礼」をしたせいか、言葉がいつもより少しなめらかに出た。

ヤスジは歩きながら顔だけ振り向かせて、「その調子じゃ」と笑った。「早《はよ》う帰って勉強せえ。高校の勉強は難しかろうが」

少年はヤスジの背中に会釈して、来た道を引き返した。最初は小走りに、やがてスピードが上がって、全力疾走に近くなった。走りながら、少年はどんなことを思っていたのだろう。いまではもう忘れてしまった。よく晴れた夜空に月が浮かんでいた。真ん丸より少し欠けた月の、レンズのような形だけ、くっきりと覚えている。

高校生活に慣れるにつれて、少年の吃音は軽くなっていった。幼い頃から苦手だったカ行やタ行以外の言葉は、それほど意識しなくてもつっかえずにしゃべれる。受験のストレスを背負っていた中学三年生の終わり頃に比べても、ずっとなめらかに言葉が出る。

いらだちから暴力をふるうことも減った。こいつは一度暴れだすと手がつけられなくなるんだ、と中学の頃からの友達が言っても、高校で知り合った友だちは、嘘だろう、と笑う。その笑顔を見るのがうれしかった。少年はもともと気が弱くて、臆病《おくびょう》で、人と争うことが嫌いな性格だったのだ。

髪が伸びて坊主頭の名残が消えていくように、少年は少しずつ、自分の思いを自分の言葉で話せるようになっていた。

ヤスジから教わった「気をつけ、礼」の姿勢のことも忘れかけた。この調子なら思いださないままで高校生活を送れるかもしれないと心ひそかに喜んでいた頃——七月の初め、少年はヤスジがあの日とつぜん家を訪ねてきた理由と、少年をバス停の手前で帰らせた理由を、友だちの噂話《うわさばなし》で知った。

ヤスジが訪ねた先は、少年の家だけではなかった。幾晩にもわたって、卒業生や在校生の家を何軒も何軒も回っていた。

「風呂《ふろ》の工事の代金を郵便局でおろすのを忘れていたから、ちょっと立て替えてほしい」「息子が急病で手術をしなければいけなくなった」「親戚《しんせき》が亡《な》くなったのですぐに家族で東京に行かなければならないのだが、財布を落としてしまった」……。

さまざまな理由で、教え子の親から金を借りた。六月の終わりに必ず返済するという借用書も書いた。借金を断る親はいなかった。保証人をつけろと言う親もいなかった。ある親は、五万円でいいとヤスジが言うのを、キリのいい金額のほうが返しやすいだろうと十万円を貸し、別の親は、いまは手持ちの現金がないからと翌朝いちばんにヤスジの銀行口座にお金を振り込んだ。学校の先生はおとなたちから一目も二目も置かれ、信頼と尊敬を寄せられるのがあたりまえ——そういう時代の、そういう田舎町の話だ。

六月の終わり。

ヤスジは学校を辞めた。Y市の郊外にある自宅も、もぬけの殻だった。

何人かの親に相談を受けた同僚の教師は、苦々しげに言った。

「わしらも被害者なんですわ……」

まだ少年が中学に通っていた頃から、ヤスジはギャンブルにおぼれていた。あとで知った。競艇、競輪、オートレースから麻雀《マージャン》、パチンコまで、手当たり次第だった、らしい。授業の空き時間にも車をとばして隣のH市の競輪場に向かうほどだった、らしい。放課後は国道沿いのパチンコ店で夜十時の閉店時間までも粘り、週末の夜は家に帰らずにパチンコ店からまっすぐY市の繁華街にある雀荘に向かっていた、らしい。

この一年ほどは特にひどかった。負けて、負けて、負けて、負けて、負けて、負けて、いままでの負けをいっぺんに取り返すために大きな博打《ばくち》に出て、大きく負けて、負けて、負けて、負けて……それでもやめられなかった。

奥さんは小学生の息子二人を連れて年明け早々には実家に帰ってしまい、三月頃、離婚が成立した。自宅が人手に渡ったのも同じ頃。四月からは、H市の六畳一間のアパートから学校に通っていたが、その部屋も、学校を辞めるのと同時に引き払っていた。

消費者金融からの借金ができなくなると同僚の教師に金を借り、次に教え子の親に手を広げた。少年の家を訪ねたのも、その頃のことだ。最後の一カ月は逃げるための金をかき集めていたんだろう、と被害に遭った親の一人はため息交じりに言った。

ヤスジは行方不明になった。借金の額は退職金ではまかないきれないほどふくらんでいて、同僚の教師と卒業生の親は泣き寝入りするしかなかった。

警察に訴えたり、あるいはせめて新聞社あたりに経緯を告げれば、なんらかの手だてが見つかったかもしれない。

だが、誰もそうしなかった。寸借詐欺《すんしゃくさぎ》と呼べばいいのか、一件ずつの被害額は数万円から多くても二、三十万円ほどだったので、ことを荒立てるよりも忘れてしまったほうが面倒がない、と考えたひとも多かったはずだ。中学校の校長が被害に遭った家に一軒ずつ電話を入れ、事件を表沙汰にしないよう頼み込んだせいもあるだろう。

それでも、ヤスジの悪口は、不思議なほど出てこなかった。厳しいけれどいい先生だった、と誰もが言った。生真面目《きまじめ》なぶんギャンブルにのめりこんだら抜けられなくなったのだろう、と同情した。

ヤスジのことを「魔が差した」とかばい、だまされた自分たちは「運が悪かった」。借金に追いつめられたヤスジが自殺することを心配したひともいたし、ヤスジの息子たちに励ましと慰めの手紙を出そうじゃないかと言いだすひともいた。

お人好《ひとよ》しが揃っていた。

少年の両親も、そう。

「先生を恨んだらいけんよ」と母親に言われた。何度も、念を押すように。

「あんたのことを、ほんまに心配してくれとったんじゃけえね、あの先生は」

父親も、諭すように少年に言った。

「山本先生に世話になったことと今度のこととは話が別なんじゃけえの、罪を憎んで人を憎まずじゃ」

悪者はどこにもいない、ことになった。

お人好しでのんきな被害者がいるだけ。

そして、おそらくヤスジには思いもよらなかったはずの被害者が、もう一人。

その日から、少年はまた言葉がつっかえるようになったのだった。


ほとんどまともにはしゃべれない状態だった。高校に入学した直後よりも、はるかにひどい。カ行やタ行だけでなく、他の音も詰まる。いままではよほど調子の悪いとき以外は問題のなかったヤ行も、だめになった。特に「ヤ」がいけない。医者やカウンセラーにかかったわけではないが、ヤスジの「ヤ」だからだ、と少年は思っていた。

あせった。いらだった。学校の友だちはなにも言わなかったが、吃音に気づいていないはずはなかった。砂利道を走る車が急ブレーキをかけたように言葉が激しくつっかえたときには、話し相手の誰もが目をすっとそらし、同情とも悲しみともつかない、いたたまれないような表情になる。笑われるよりそのほうがよほどつらいんだと、説明する言葉もうまくしゃべれる自信がない。

少年は口数が減った。しじゅう爪《つめ》を嚙《か》むようになり、にきびが増えた。

ヤスジの事件を知った頃に買った一冊の本がある。中学時代から大好きだった矢沢永吉の『成りあがり』だった。矢沢永吉は中学時代に同級生の女の子に片思いして、言語障害になった、と書いてある。ただの言葉の綾《あや》だとわかってはいても、それが妙にうれしかった。

気に入った言葉を見つけると、本に鉛筆で線を引いた。

〈あと5年かかるか、10年かかるかわかんねえけど、おまえら全員、土下座させてやる！〉——たとえば、そんな箇所に。

一学期の終わり間際《まぎわ》、少年は普段から反りの合わなかった同級生とささいなことで言い争い、うまく出てこない言葉にいらだったすえ、相手を殴りつけた。床に倒れた相手の上にのしかかって、顔を何発も殴った。体を離し、腹を蹴《け》った。相手はすぐに起き上がってしばらく揉《も》み合いがつづいた。少年は近くの席に体育着のジャージが置いてあるのを見つけ、それを相手の顔にかぶせた。最初は目隠しのつもりだったが、相手がでたらめに振り回した拳《こぶし》がたまたま頰に当たり、その痛みにカッとして、自分でも気づかないうちにジャージの袖《そで》を相手の首に巻きつけて、絞めていた。教室にいた男子が三人がかりで少年を引き離した。女子は悲鳴をあげながら教室の隅に逃げて、おびえきった目で少年を見ていた。

少年は黙って、倒れた机や椅子《いす》を起こしていった。誰も手伝ってくれなかった。揉み合いのときに口の中を切っていた。鉄錆《てつさび》に似た血の味が舌の両脇《わき》から湧《わ》いてくる。喧嘩相手はジャージを首からはずすと激しく咳《せ》き込んだ。もう敵意は持っていない様子だったが、仲直りはできないだろうな、と少年は思った。役立たずの少年の口は、「ごめんな」の「ご」も、たぶんつっかえてしまう。

夏が過ぎ、秋が終わった。ヤスジは行方不明のままだった。

「東京に逃げたらしい」「いや、大阪だ」「ヤクザに捕まって北陸のほうの温泉で働かされている」「九州の山の中で見つかったバラバラ死体はヤスジじゃないか」……秋の初め頃まではヤスジの消息をめぐる噂がいくつも流れていたが、しだいにそれも途切れがちになり、冬支度を始める頃には、ふとしたときにヤスジの名前が出ても、おとなたちは「ああ、あんな奴《やつ》もいたなあ」「あんなこともあったなあ」と軽く受け流して元の話に戻るようになった。

中学時代の友だちの何人かは、事件を知ったあとは「ヤスジの外道《げどう》、しばきあげちゃるけえの」と息巻いていた。だが、それも長くはつづかない。少年は気づいていた。あの頃の仲間が駅や商店街で行き会って、暇つぶしに中学時代の思い出話をするとき、誰もがヤスジの登場する場面を避けて話す。ごく自然に、さりげなく。

「思い出すと腹が立つけえの」と友達の一人は言った。「どげん腹ぁ立てても、相手がおらんのじゃけえ、どないしようもなかろ。ほいたら、腹ぁ立てるだけアホくさいがな」とも。

ヤスジの事件は「なかったこと」にされていた。ヤスジそのものも、「いなかったこと」になりつつあった。少年は、それが悔しかった。俺だけはあいつのことを忘れない──と決めた。ゆるさない。もしもヤスジを見つけたら、思いきり殴りつけてやる。土下座しても、涙を流しても、一生ゆるさない。

誰かのことをこんなにも恨み、憎んだのは、十六年たらずの人生の中で初めてだった。

中学と違って高校では生徒を次々に指名するような授業は少なかったが、英語のリーダーや古文の授業では、出席番号順に教科書を読まされる。英語の教師は、少年がつっかえそうになると、その単語を自分が読んで先に進めた。ひどいときには一言ずつ交互に読むようなこともあった。古文の教師は、少年に音読の順番がまわってくると必ず別の質問をして、それに答えさせた。出席簿に〈音読不可〉とでもメモしてあったのかもしれない。

「おまえは『どもり』なんじゃけえ」と面と向かって言う教師は、誰もいなかった。その代わり、どうすれば言葉がつっかえないようになるかを考えてくれる教師もいない。

ヤスジの「気をつけ、礼」の話を忘れたわけではなかったが、それを試す気にはどうしてもなれなかった。

夏休み前の喧嘩《けんか》を境に、少年に気軽に声をかけてくる友達は極端に減った。少し険しい目つきでにらむだけで、相手の肩がびくっと揺らぐのがわかる。

ほとんどの生徒が大学に進む学校だった。こつこつと勉強して地元の国立大学の経済学部に入り、県庁に就職することが、親も教師も生徒自身も認める目標だった。物知りな生徒が多かった。理屈の得意な生徒も多かった。暴力沙汰《ざた》はほとんど起きないが、陰口はひどい。みんな言葉を道具や武器にしてうまく使いこなしていた。

少年は別の学校の連中と付き合うようになった。言葉をつかうのが苦手で、そんなものが道具や武器になるとは端《はな》から思ってない奴らは、探せば簡単に見つけられる。しゃべるよりも拳や木刀やチェーンを振り回すほうが手っ取り早いと考える、そういう連中だ。

少年は髪をリーゼントにした。前髪できれいなひさしをつくるにはまだ長さが足りないし、丸顔にリーゼントは自分で鏡を見ても似合っているとは思えなかったが、ポマードで髪を固めていれば、それだけで誰かとしゃべる機会を減らせた。すぐにしゃがみこむ。上目づかいで、世の中をにらみつける。路上に唾《つば》を吐き、おもしろくないことがあれば舌打ちする。ズボンのポケットに両手を入れ、腿《もも》の径《わた》りが太く、裾《すそ》がすぼまったシルエットを見せつけて歩く。学生服の裏地に刺繍《ししゅう》をした竜虎《りゅうこ》がちらちらと覗《のぞ》くように、上着の裾をたまにわざと広げる。

少年の姿勢は、ずいぶん悪くなった。

ヤスジがY市に戻ってきているらしい、という話を耳にしたのは、三学期がそろそろ終わろうとする頃だった。

市内の循環バスに乗っていた、らしい。自転車に乗っていて見かけたという中学時代の友だちは「髪の毛が真っ白じゃったけえ、人違いかもしれんけど」と半信半疑の様子だったが、少年は決めた。あいつだ、絶対にあいつだ、あいつはY市に帰ってきている、と決めつけた。行き場のなかったいらだちやもどかしさに、ようやく出口が与えられた。拳をぶつける先が、ようやく見つかった。

その日から、少年は学校帰りにY市の町なかを歩きまわるようになった。ヤスジを見つけたらすぐに殴るか。いや、その前にヤスジに言い訳をさせてもいい。詫《わ》びを言わせて、土下座させて、その頭を踏みつけて、唾を吐いてやるのもいい。逃げたら追いかける。どこまででも、追いかけてやる。両親が貸した金は取り戻せるだろうか。全額は無理でも、ありったけの金を取ってやる。飢え死にしても、自業自得《じごうじとく》だ。

だが、なかなかヤスジには出くわさない。帰りの列車を何本も何本も遅らせて粘っても、だめだった。

はやる気持ちをどこかで紛らせたくて、少年は母親に言った。

「もしヤスジに会《お》うたら、どげんしてもゼニ返してもらわんといけんね」

母親は寂しそうにかぶりを振った。

「もうええが、すんだことなんじゃけん」

父親の反応も似たようなものだった。

「いつまでもひとを恨んどったら、いけん。こっちの心根までねじ曲がってくるけんな」

少年にはわからない。どうしても、その気持ちがわからない。

不満が顔に出たのだろう、父親は「子どもじゃのう」と笑い、静かに言った。

「人間が他の動物と違うところは、ゆるすことができる、いうところなんよ。なんもかんもゆるせんいう人間は、動物と同じじゃ」

母親はそれを引き取って、「あの先生は、ほんまにあんたのことを心配してくれとったんじゃけんね」と言った。

翌日、三時限目の数学の授業が終わると、少年は一人で帰り支度を始めた。四時限目は古文。前回の授業は、少年の前の出席番号の生徒が指名されたところで終わっていた。教師はいつものように教科書の音読ではない質問をしてくるだろう。吃音《きつおん》が「なかったこと」にされてしまうだろう。

もう、うんざりだ、と思った。休み時間のうちに教室を出た。声をかけてくる生徒は誰もいなかった。戸口に立っていた男子グループをにらみつけると、連中はひゃっと叫ぶように道を空けた。

アーケードの商店街を、駅に向かってぶらぶら歩いた。早退は初めてだったが、これからはこういうことが増えるだろうな、という予感がした。学校を見捨てたはずなのに、逆に自分が学校から見捨てられたような気がするのは、なぜだろう。

うつむいて舌打ちをした、そのときだった。

「おい、なにしよるんな、こげな時間に」

はっとして顔を上げると、ヤスジがいた。自転車にまたがって、少年の目の前に、いた。

「学校はどげんしたんか」

叱《しか》りつける声で、ヤスジが言う。体がひとまわり縮んでいた。髪は真っ白で、無精髭《ひげ》が頬にまで生えていた。着ている服は油の染《し》みがついた作業着の上下で、履いているのは埃《ほこり》まみれのズック。自転車は錆びついて、粗大ゴミと間違えそうなほどだった。

だが、ヤスジは、ヤスジだった。

「なんな、その格好は。どこぞのちんぴらと変わりゃせんが」

少年は呆然《ぼうぜん》として、なにも言えなかった。逃げないのか？　謝らないのか？　言い訳しないのか？　いや、それよりも、まず——俺は怒らないのか？

「ビシッとせんか！」とヤスジは怒鳴った。

少年は思わず目を伏せた。

「情けない奴じゃのう、おまえは。こげなふうになっとるとは思わんかったど」

誰のせいだと思ってるんだ、と言い返したかったが、言葉が出てこない。

「気をつけ！」

ヤスジがまた怒鳴る。

少年はズボンのポケットから両手を出し、背筋を伸ばした。なぜだ。なぜ、このひとは、昔どおりでいられるんだ。シラを切っているのか？　強がっているのか？　ふざけるな、ふざけるな、ふざけるな……。

喉《のど》の奥がひくついた。詰まった言葉が折り重なる。わからない。どうしていいか、わからない。涙が出そうになった。

「こげな格好しとるんじゃったら、まだ『どもり』のままか。のぅ？　ろくにしゃべれんのじゃろうが。おまえ、そげなことでやっていけるか。ほれ、『礼』じゃ、『礼』」

体が勝手に従った。

「頭を下げるときに息を吐く、上げるときに大きゅう吸い込む。わかっとるの」

言われたとおりにした。正面から向き合った。言葉はあいかわらず出てこなかったが、目だけはそらすまい、と決めた。

ヤスジも少年をにらむように見つめ、「ええツラ構えじゃ」と言った。

「しゃべってみい、いまの姿勢とツラ構えじゃったら、どもりゃせんわい」

言えない。ただ黙ってヤスジを見つめる。

「なんでもええけん、しゃべってみい。自分の気持ち、言葉で言えんと、どげんもこげんもならんじゃろうが」

言えない。

「なんでもええけん、早《はよ》うしゃべらんか」

なにも、言えない。

短い沈黙のあと、ヤスジは目をそらした。二、三度小刻みに瞬《まばた》くヤスジの顔は、そのたびに皺《しわ》が深くなっていった。

「まあ……元気でやれや」とヤスジはつぶやいて、少年に目を戻し、「元気で、がんばってくれ」と声を強めて言った。

「先生……」

声をかけたきり、またなにもしゃべれなくなってしまった。

「わしはもう先生と違うけん」

ヤスジは少しだけ笑って、うつむいた。自転車のハンドルを握り直し、ペダルを踏み込んだ。ギイギイと軋《きし》んだ音とともに、肩をすぼめた中年の男は黙って少年の脇をすり抜けていった。

少年は振り返らなかった。足元を見つめ、胸に溜《た》まった息を吐き出し、息を吸い込みながら顔を上げた。歩きだす。背中のずっと後ろで、ギイギイという音がかすかに聞こえたような気がしたが、空耳だったかもしれない。

歩きながら、少年は前髪に手をやった。ポマードで固めたリーゼントのひさしを、くしゃくしゃに指で乱した。ズボンのポケットには手をつっこまず、少しだけ胸を張り、背中を伸ばして、歩きつづけた。

ヤスジと少年が会ったのは、それが最後だった。詫びることもゆるすこともなく別れた二人は、その後二度と出会わなかった。どこかで誰かがヤスジを見かけたという話は高校を卒業するまで一度も聞かなかったし、少年も高校を卒業すると東京に出てしまい、Y市とは疎遠《そえん》になった。

二十年以上の時が流れた。あの頃のヤスジとさほど変わらない歳《とし》になった少年は、いま、小説を書いて生活している。吃音は、高校時代より多少は軽くなったものの、まだ消えているわけではない。「作家」と呼ばれる仕事に就いたのも、けっきょくは、自分の思いをしゃべることが苦手なせいなんだろうな、と少し自嘲《じちょう》気味に思う。

ヤスジは少年の書いた本を読んでいるだろうか。少年が「作家」になったことを知っているだろうか。何年か前、中学時代の教師が〈山本先生は亡《な》くなったそうです〉と年賀状に書いていたが、その翌年の友だちからの便りには〈ヤスジはパチンコ屋で住み込みで働いているらしい〉とあった。

会いたいとは思わない。ただ、生きていてくれたら、いい。どこかで見ていてくれたら、うれしい。

少年はときどきテレビや講演会で話をする。スタジオや会場に入る直前まで言葉がつっかえないだろうかと心配して、胃薬を服《の》む。臆病《おくびょう》な性格は昔と変わらない。それでも、人前で話す機会を与えられるたびに、自分がなにかにゆるされているような気がして、自分もできるだけ多くのことをゆるしたい、と思う。

カメラが回る。ライトが当たる。少年は必ず最初に「気をつけ」の姿勢をとり、「礼」と同時に胸の息を入れ替えて、顔を上げる。

背筋は、いま、ビシッと伸びているだろうか——？

文庫版のためのあとがき

教師を主人公にしたお話や、大事な脇役《わきやく》を割り振ったお話を、いくつも描いてきた。僕の描くお話に登場するおとなの職業は、おそらく九割以上が教師——少し大げさに言うなら、たとえば時代小説作家がその全作品を通じて「江戸」を描いていくのと同じような意味で、僕は「教師と生徒」という関係性をずっと、しつこく、懲《こ》りもせず、飽きられたりあきれられたり、あきらめられたりしながら、描きつづけているのだろう。

本書は、その中でも特に、いわば教師濃度の高い作品集である。単行本版では表題作となった「気をつけ、礼。」は二〇〇一年の作品で、執筆の時期が最も新しい「泣くな赤鬼」は二〇〇八年。一冊にまとめるには時間の幅がありすぎるような気もしないではなかったが、単行本化の際に全編をあらためて読んでみると、「教師と生徒」を見つめるまなざしの根っこの部分はたいして変わっていなかった。それがいいことなのか良くないことなのかは読んでくださったひとの評価に委《ゆだ》ねるしかないわけだが、「なんなんだよ、オレ、ちっとも成長してないじゃん」と苦笑したときの僕自身の気分は、意外と悪いものではなかった。そして、その苦笑いは、今回の文庫化に際してもやはり——いや、単行本化のときよりもさらに深くなったような気もするのだ。

　僕は教師という職業が大好きで、現実に教壇に立っていらっしゃるすべての皆さんに、ありったけの敬意と共感を示したいと、いつも思っている。けれど、僕は同時に、教師とうまくやっていけない生徒のことも大好きで、もしも彼らが落ち込んでいるのなら「先生なんて放っときゃいいんだよ」と肩を叩《たた》いてやりたいと、いつも思っている。矛盾である。ちょっと身勝手かもしれないし、それぞれに媚《こ》びながら格好をつけているだけかもしれない。それでも、あまり納得してもらえないはずのその矛盾があるからこそ、僕は何作でも何作でも「教師と生徒」を描きつづけていられるのだし、描きつづけなければならないのだろう。

　なんてずうずうしい奴《やつ》なんだ、とお叱《しか》りを受けるのは承知の上で、打ち明けておく。

最近ときどき、自分はお話の書き手としてどういう紹介をされるのだろう、と考える。いま現在の話ではない。何年後か、十何年後か、あるいは何十年後になるのか、とにかく将来、僕がくたばってしまったあとの話である。生身の存在が消えうせたあと、「重松清」はどんな書き手として、ささやかに語られて（ほどなくあっさりと忘れ去られて）いくのだろう。言ってみれば、自分の墓碑に記される言葉——それを本人が決められるのなら、僕は「重松清」を「教師の話をたくさん書いて、親の話をたくさん書いて、子どもの話をたくさん書いた男」と呼びたい。「でもあまり評判はよくなかった」という一言を書き入れるかどうかは、後の世の評価に任せたいと思う。

本書に収録された六編のお話は、「小説新潮」と「yomyom」に掲載してもらった。「白髪のニール」「マティスのビンタ」「気をつけ、礼。」が「小説新潮」で、江木裕計さんと髙橋亜由さんに大変お世話になった。「ドロップスは神さまの涙」「にんじん」「泣くな赤鬼」が「yomyom」で、雑誌掲載時に担当していただいた藤本あさみさんには単行本の編集もお願いした。文庫版の担当は大島有美子さんである。それぞれ記して感謝する。

また、装幀の大滝裕子さん、単行本版の装画の川原真由美さん、文庫版の装画の二宮由希子さんをはじめ、この本が世に出るまでに力をお借りしたすべての皆さんに感謝を捧《ささ》げたい。もちろん、読んでくださった皆さんにも、心からの「ありがとうございました」を。

ちらりと前述したとおり、本書は単行本版の『気をつけ、礼。』を改題した。いささか緊張を強いるオフィシャルな号令ではなく、もっと大らかな呼びかけのほうが、文庫という装《よそお》いにはふさわしいような気がしたのである。

せんせい——。

老若《ろうにゃく》男女さまざまな声が溶け込んでいてほしいな、と願っている。

もちろん、その中にはあなた自身の声も含まれているはずだ。

僕たちは誰もが、一番身近なおとなを「せんせい」と呼ぶ日々を過ごしてきた。

僕はそれを、とても幸せなことだと思っている。イヤな先生もたくさんいたけどさ。

あなたは、どうだろう。

二〇一一年四月

重松清

この作品は二〇〇八年八月新潮社より刊行された
『気をつけ、礼。』を改題したものです。

重松清著　**舞姫通信**

教えてほしいんです。私たちは、生きてなくちゃいけないんですか？　僕はその問いに答えられなかった——。教師と生徒と死の物語。

重松清著　**見張り塔から ずっと**

3組の夫婦、3つの苦悩の果てに光は射すのか？　現代という街で、道に迷った私たち。新・山本周五郎賞受賞作家の家族小説集。

重松清著　**ナイフ**

坪田譲治文学賞受賞

ある日突然、クラスメイト全員が敵になる。私たちは、そんな世界に生を受けた——。五つの家族は、いじめとのたたかいを開始する。

重松清著　**日曜日の夕刊**

日常のささやかな出来事を通して蘇る、忘れかけていた大切な感情。家族、恋人、友人——、ある町の12の風景を描いた、珠玉の短編集。

重松清著　**ビタミンF**

直木賞受賞

もう一度、がんばってみるか——。人生の〝中途半端〟な時期に差し掛かった人たちへ贈るエール。心に効くビタミンです。

重松清著　**エイジ**

山本周五郎賞受賞

14歳、中学生——ぼくは「少年A」とどこまで「同じ」で「違う」んだろう。揺れる思いを抱き成長する少年エイジのリアルな日常。

重松 清著 **あの歌がきこえる**

友だちとの時間、実らなかった恋、故郷との別れ——いつでも俺たちの心には、あのメロディーが響いてた。名曲たちが彩る青春小説。

重松 清著 **みんなのなやみ**

二股はなぜいけない？ がんばることに意味はある？ シゲマツさんも一緒に困って真剣に答えた、おとなも必読の新しい人生相談。

重松 清著 **青い鳥**

非常勤の村内先生はうまく話せない。でも先生には、授業よりも大事な仕事がある——孤独な心に寄り添い、小さな希望をくれる物語。

重松 清著 **卒業ホームラン** —自選短編集・男子編—

努力家なのにいつも補欠の智。監督でもある父は息子を卒業試合に出すべきか迷う。著者自身が選ぶ、少年を描いた六つの傑作短編。

重松 清著 **まゆみのマーチ** —自選短編集・女子編—

ある出来事をきっかけに登校できなくなったまゆみ。そのとき母は——。著者自らが選ぶ、少女の心を繊細に切り取る六つの傑作短編。

重松 清著 **ロング・ロング・アゴー**

いつか、もう一度会えるよね——初恋の相手、忘れられない幼なじみ、子どもの頃の自分。再会という小さな奇跡を描く六つの物語。

重松清著

星のかけら

六年生のユウキは不思議なお守り「星のかけら」を探しにいった夜、ある女の子に出会う。命について考え、成長していく少年の物語。

重松清著

ポニーテール

親の再婚で姉妹になった四年生のフミと六年生のマキ。そして二人を見守る父と母。家族のはじまりの日々を見つめる優しい物語。

重松清著

ゼツメツ少年

毎日出版文化賞受賞

センセイ、僕たちを助けて。学校や家で居場所を失った少年たちが逃げ込んだ先は――。物語の力を問う、驚きと感涙の傑作。

重松清著

一人っ子同盟

兄を亡くしたノブと、母と二人暮らしのハム子は六年生。きょうだいのいない彼らは同盟を結ぶが。切なさに涙にじむ〝あの頃〟の物語。

重松清著

たんぽぽ団地のひみつ

祖父の住む団地を訪ねた六年生の杏奈は、時空を超えた冒険に巻き込まれる。幸せすぎる結末が待つ家族と友情のミラクルストーリー。

重松清著

きみの町で

旅立つきみに、伝えたいことがある。友情、善悪、自由、幸福……さまざまな「問い」に向き合う少年少女のために綴られた物語集。

村上春樹著

世界の終りとハードボイルド・ワンダーランド

谷崎潤一郎賞受賞（上・下）

老博士が〈私〉の意識の核に組み込んだ、ある思考回路。そこに隠された秘密を巡って同時進行する、幻想世界と冒険活劇の二つの物語。

村上春樹著

ねじまき鳥クロニクル

読売文学賞受賞（1〜3）

'84年の世田谷の路地裏から'38年の満州蒙古国境、駅前のクリーニング店から意識の井戸の底まで、探索の年代記は開始される。

村上春樹著

神の子どもたちはみな踊る

一九九五年一月、地震はすべてを壊滅させた。そして二月、人々の内なる廃墟が静かに共振する——。深い闇の中に光を放つ六つの物語。

村上春樹著

海辺のカフカ（上・下）

田村カフカは15歳の日に家出した。姉と並んだ写真を持って。世界でいちばんタフな少年になるために。ベストセラー、待望の文庫化。

村上春樹著

東京奇譚集

奇譚＝それはありそうにない、でも真実の物語。都会の片隅で人々が迷い込んだ、偶然と驚きにみちた5つの不思議な世界！

村上春樹著

1Q84

—BOOK1〈4月—6月〉前編・後編—

毎日出版文化賞受賞

不思議な月が浮かび、リトル・ピープルが棲《す》む1Q84年の世界……深い謎を孕《はら》みながら、青豆と天吾の壮大な物語《ストーリー》が始まる。

恩田陸著
六番目の小夜子
ツムラサヨコ。奇妙なゲームが受け継がれる高校に、謎めいた生徒が転校してきた。青春のきらめきを放つ、伝説のモダン・ホラー。

恩田陸著
夜のピクニック
吉川英治文学新人賞・本屋大賞受賞
小さな賭けを胸に秘め、貴子は高校生活最後のイベント歩行祭にのぞむ。誰にも言えない秘密を清算するために。永遠普遍の青春小説。

恩田陸著
中庭の出来事
山本周五郎賞受賞
瀟洒なホテルの中庭で、気鋭の脚本家が謎の死を遂げた。容疑は三人の女優に掛かるが。芝居とミステリが見事に融合した著者の新境地。

恩田陸著
私と踊って
孤独だけど、独りじゃないわ——稀代の舞踏家をモチーフにした表題作ほかミステリ、SF、ホラーなど味わい異なる珠玉の十九編。

荻原浩著
噂
女子高生の口コミを利用した、香水の販売戦略のはずだった。だが、流された噂が現実となり、足首のない少女の遺体が発見された——。

荻原浩著
月の上の観覧車
閉園後の遊園地、観覧車の中で過去と向き合う男——彼が目にした一瞬の奇跡とは。過去／現在を自在に操る魔術師が贈る極上の八篇。

新潮文庫の新刊

今野敏著

審議官
―隠蔽捜査9.5―

県警本部長、捜査一課長。大森署に残された署員たち。そして竜崎の妻、娘と息子。彼らだけが知る竜崎とは。絶品スピン・オフ短篇集。

白石一文著

ファウンテンブルーの魔人たち

大学生の恋人、連続不審死、白い幽霊、AIロボット……超高層マンションに隠された秘密とは？　超弩級エンターテイメント開幕！

櫛木理宇著

悲鳴

誘拐から11年後、生還した少女を迎えたのは心ない差別と「自分」の白骨死体だった。真実が人々の罪をあぶり出す衝撃のミステリ。

仁志耕一郎著

闇抜け
―密命船侍始末―

俺たちは捨て駒なのか――。下級藩士たちに下された〈抜け荷〉の密命。決死行の果て、男たちが選んだ道とは。傑作時代小説！

堀江敏幸著

定形外郵便

芸術に触れ、文学に出会い、わたしたちは旅をする――。日常にふいに現れる唐突な美。過去へ、未来へ、想いを馳せる名エッセイ集。

阿刀田高著

小説作法の奥義

物語が躍動する登場人物命名法、書き出しとタイトルのパターンとコツなど、文筆生活六十余年「小説界の鉄人」が全手の内を明かす。

せんせい。

新潮文庫　し-43-17

平成二十三年七月一日発行
令和七年八月二十五日十六刷

著者　重《しげ》松《まつ》清《きよし》

発行者　佐藤隆信

発行所　株式会社 新潮社

郵便番号　一六二―八七一一
東京都新宿区矢来町七一
電話　編集部(〇三)三二六六―五四四〇
読者係(〇三)三二六六―五一一一
https://www.shinchosha.co.jp

価格はカバーに表示してあります。

乱丁・落丁本は、ご面倒ですが小社読者係宛ご送付ください。送料小社負担にてお取替えいたします。

印刷・株式会社精興社　製本・株式会社大進堂

ISBN978-4-10-134927-5 C0193

ちくま文庫

桜《さくら》のいのち庭《にわ》のこころ

二〇一二年四月 十 日 第一刷発行
二〇一八年四月二十日 第二刷発行

著 者 佐野藤右衛門（さの・とうえもん）
聞き書き 塩野米松（しおの・よねまつ）

発行者 山野浩一
発行所 株式会社 筑摩書房
東京都台東区蔵前二―五―三 〒一一一―八七五五
振替〇〇一六〇―八―四一二三
装幀者 安野光雅
印刷所 星野精版印刷株式会社
製本所 株式会社積信堂

乱丁・落丁本の場合は、左記宛にご送付下さい。
送料小社負担でお取り替えいたします。
ご注文・お問い合わせも左記へお願いします。
筑摩書房サービスセンター
埼玉県さいたま市北区櫛引町二―六〇四 〒三三一―八五〇七
電話番号 〇四八―六五一―〇〇五三

ISBN978-4-480-42919-3 C0161

熊を殺すと雨が降る 遠藤ケイ

山で生きるには、自然についての知識を磨き、己れの技量を謙虚に見極めねばならない。山村に暮らす人びとの生業、猟法、川漁を克明に描く。

クマにあったらどうするか 姉崎等 片山龍峯

「クマは師匠」と語り遺した狩人が、アイヌ民族の知恵と自身の経験から導き出した超実践クマ対処法。クマと人間の共存する形が見えてくる。（遠藤ケイ）

身近な雑草の愉快な生きかた 稲垣栄洋 三上修・画

名もなき草たちの暮らしぶりと生き残り戦術を愛情とユーモアに満ちた視線で観察、紹介した植物エッセイ。繊細なイラストも魅力。（宮田珠己）

身近な虫たちの華麗な生きかた 稲垣栄洋 小堀文彦・画

地べたを這いながらも、いつか華麗に変身することを夢見てしたたかに生きる身近な虫たちを紹介する。精緻で美しいイラスト多数。（小池昌代）

身近な野菜のなるほど観察録 稲垣栄洋 三上修・画

「身近な雑草の愉快な生きかた」の姉妹編。なじみの多い野菜たちの個性あふれる思いがけない生命の物語を、美しいペン画イラストとともに。（小池昌代）

イワナの夏 湯川豊

釣りは楽しく哀しく、こっけいで厳粛だ。日本の川で、また、アメリカで、出会うのは魚ばかりではない、自然との素敵な交遊記。（川本三郎）

木の教え 塩野米松

かつて日本人は木と共に生き、木に学んだ教訓を受け継いできた。効率主義に囚われた現代にこそ生かしたい「木の教え」を紹介。（丹羽宇一郎）

生きて死ぬ私 茂木健一郎

人生のすべては脳内現象だ。ならば、この美しくも儚い世界は幻影にすぎないのか。それとも……。新たな世界像を描いた初エッセイ。（内藤礼）

脳はなぜ「心」を作ったのか 前野隆司

「意識」とは何か。どこまでが「私」なのか。死んだら「心」はどうなるのか。——「意識」と「心」の謎に挑んだ話題の本の文庫化。（夢枕獏）

錯覚する脳 前野隆司

「意識のクオリア」も五感も、すべては脳が作り上げた錯覚だった！ ロボット工学者が科学的に明らかにする衝撃の結論を信じられますか。（武藤浩史）

本書は一九九八年四月に、草思社から刊行されました。